Horst Schwarz * Laura im Netz

Horst Schwarz, Erzähler, Buchautor, Stimme vieler Kinder- und Jugendhörbücher, studierte Sozialpädagogik und Theologie, war viele Jahre Dozent an der Fachakademie für Sozialpädagogik in Nürnberg und ist ehrenamtlicher Mitarbeiter im Deutschen Kinderschutzbund.

www.maerchenzummitmachen-horstschwarz.de

Allen Jugendlichen, die mir durch ihre persönlichen Beiträge wie Interneterlebnisse und Chatprotokolle Stoff zu dieser Erzählung geliefert haben, möchte ich herzlich danken.

Ein ganz besonderer Dank geht an Barbara für die Mitarbeit bei den jugendsprachlichen Textformulierungen.

Horst Schwarz

Laura

im

Netz

Roman

Die Handlung und die darin vorkommenden Personen sowie der LINUS-Chat sind frei erfunden.
Jegliche Übereinstimmung mit realen Personen ist rein zufällig und nicht beabsichtigt.

ISBN 978-3-940918-96-3
www.media-arte.de
Nürnberg, 2011
Lektorat: Eva Reiß, Leuchtturm-Lektorat, www.leuchtturm-lektorat.de
Umschlaggestaltung: Ariane Schwarz
Druck: CL Druckzentrum GmbH, www.cl-druckzentrum.de

1

»Tschau, Laura, wir schreiben uns dann heut' Nachmittag! Bin ab drei Uhr online!« Caro nahm ihre Tasche, drehte sich noch einmal winkend um und sprang aus dem Schulbus, der sich schnaubend wieder in Bewegung setzte.

Nun war auch die letzte Mitschülerin ausgestiegen und Laura als Einzige in dem leeren alten Bus zurückgeblieben, der nach und nach alle Schüler an den jeweiligen Haltepunkten der Dörfer ausgespuckt hatte. Nun musste sie noch gut zehn Minuten durch die mittelfränkische Einöde tuckern. Laura ging nach vorne und setzte sich hinter den Busfahrer.

Der Busfahrer war ein freundlicher Mann mittleren Alters mit einem gutmütigen, runden Gesicht. Laura mochte ihn. Er hatte so etwas Väterliches, Vertrauenswürdiges an sich.

»Na, Mädel«, brummte er, während er mit seinen großen Händen das Lenkrad festhielt und nach vorne auf die immer schmaler werdende Landstraße blickte, »wie war die Schule heute?«

»Naja, passt schon«, nickte Laura, »wenn nur das doofe Mathe nicht wäre.«

»Hm«, brummte der Busfahrer, »das war auch nie meine Stärke. Drum bin ich Fahrer geworden, da muss ich nicht unbedingt rechnen.« Er lachte kurz auf und warf Laura von der Seite einen Blick zu. »Was macht ihr denn da so?«

»Bruchgleichungen und Formeln auflösen.«

»Und was heißt das?« Der Fahrer legte sein von der Sonne gegerbtes Gesicht in mitleidsvolle Falten.

»Naja«, seufzte Laura, »Bruchgleichungen sind Gleichungen, in denen ein x unten im Nenner vorkommt oder so, und das muss dann mit dem Hauptnenner multipliziert werden. Ach, ich weiß auch nicht. Egal. Wer braucht denn so was später?«

»Oh weh«, schnaufte der Fahrer, »das klingt ja alles sehr kompliziert. Gut, dass ich mir über so was keinen Kopf mehr zerbrechen muss.« Nachdenklich schaute er auf die Straße, die nun an einigen Feldern, Wiesen und ein paar alten Ställen vorbeiführte. »Hast du denn schon einen Freund?«, fragte er plötzlich und zwinkerte Laura zu.

»Einen Freund?« Laura lachte etwas gequält auf. »Hier in dieser Pampa? Hierher kommt ja noch nicht mal eine Freundin raus.« Lauras blaue Augen schauten nachdenklich und ein wenig traurig zu den Kühen hinüber, die auf der Wiese neben der Straße standen und mit leerem Blick vor sich hin kauten. Sie wohnte echt am Ende, um nicht zu sagen, am Arsch der Welt.

»Na, das kommt schon noch. Bist ja noch jung«, grinste der Busfahrer aufmunternd.

Der hat gut reden, dachte Laura und nickte nur. Wenigstens drei Jahre musste sie hier noch wohnen bleiben, dann war sie endlich achtzehn und würde so schnell wie möglich von hier verschwinden.

Während der Schulbus die letzte Kurve vor dem Dörfchen Wiesenbach nahm, gingen Laura schon die nächsten Gedanken durch den Kopf. Bestimmt herrschte zu Hause wieder Chaos und dicke Luft, wie so oft in der letzten Zeit.

Laura und ihre Mutter lebten seit einigen Jahren in diesem mittelfränkischen Fünfzig-Seelen-Dorf. Ihre Mutter ging nach der Trennung von Lauras Vater, mit dem sie nie ehelich verbunden gewesen war, mehrere Männerbekanntschaften ein, die aber auch nicht lange anhielten. Sie war sichtbar mit sich und ihrem Leben unzufrieden und mit der Erziehung einer Fünfzehnjährigen total überfordert. Immer wieder warf sie Laura vor, dass sie an ihrem persönlichen Unglück schuld sei. »Du hast mein ganzes Leben kaputt gemacht. Ich hätte dich gleich nach der Geburt weggeben sollen«, schimpfte sie immer öfter, ohne darüber nachzudenken, wie weh sie Laura mit solchen Äußerungen tat. Seit drei Jahren lebte sie mit Bernd zusammen, einem Landwirt, der neben ein paar Tieren auch noch einige kleinere Felder bewirtschaftete. Doch die Beziehung der beiden war schon lange nicht mehr herzlich. Mehrmals in letzter Zeit wollte Bernd seine Lebensgefährtin mit Tochter vor die Türe setzen. Aber Lauras Mutter wusste das jedes Mal mit allen möglichen Tricks zu verhindern.

Laura hasste ihre Mutter, weil sie sich ständig bei diesem Bauerntypen einschleimte, vor allem wie sie dies tat: »Na, mein Süßer, was darf ich dir zum Essen machen? Ich warte dann schon mal im Schlafzimmer ...« Ekelhaft!

Aber andererseits, wo sollten sie hin? Ihre Mutter ging keiner Arbeit nach, hatte nichts gelernt, und zu Lauras Großeltern pflegten sie so gut wie keinen Kontakt. Oh, wie Laura das alles wütend machte! Egal wo sie war, sie hatte ständig diesen widerlichen Stallgeruch in der Nase, der bis in ihr Zimmer hochkroch und sich überall festsetzte. Manchmal rümpfte ihre Banknachbarin Alex die Nase, wenn der Pulli allzu sehr nach Bauernhof roch.

»Es ist wirklich alles zum Kotzen«, murrte Laura, während der Bus mit einem leichten Ruck anhielt. »Bis morgen!«, rief sie dem Fahrer zu, warf ihren Rucksack auf die rechte Schulter und sprang aus der offenen Tür.

Der Fahrer brummte noch ein »Machs gut« hinterher, aber Laura hörte es schon nicht mehr.

Auf den wenigen Metern von der Haltestelle bis zum Haus malte sie sich schon aus, wie ihre Mutter mit Kopf-, Rücken- oder anderen Schmerzen in der Küche hockte und mal wieder kein warmes Mittagessen zustande gebracht hatte.

2

»Da bist du ja endlich!«, wurde Laura im mürrischen Ton empfangen, kaum dass sie die alte Holztür mit einem kräftigen Ruck aufgedrückt hatte. »Bernd ist heute nach Schwabach gefahren, irgendwas besorgen. Der hätte mich ja auch mal mitnehmen können, der Tölpel. Ich wäre froh, mal aus diesem Nest herauszukommen. Du bist ja jeden Tag in Ansbach, und ich hock' hier rum und verblöde. Im Fernseher gehen auch nur drei Programme. Das ist doch kein Leben.«

Laura kannte diesen Zustand. Erst schimpfte sie auf Bernd, dann auf ihre Tochter, die es ja so gut hatte und jeden Tag in die Stadt fahren durfte. Wenn die Schimpfkanonade, die meist eine halbe Stunde dauerte, vorbei war, fing sie an zu heulen, schluchzte, dass sie sich bald im Stall aufhängen werde, weil keiner sie liebt, noch nicht einmal ihr eigenes Kind, für das sie doch alles tue.

Laura ertrug das Gezeter schon seit fast fünfzehn Jahren und wusste, dass es besser war, gar nicht darauf zu antworten. »Gibt's was zu essen?«, fragte Laura so nebenher.

Jetzt ging es aber erst richtig los: »Essen?«, schrie ihre Mutter in bitterem Ton, »Bernd ist in der Stadt, der wird dort was essen, und du lässt sowieso immer die Hälfte stehen. Also für wen und warum soll ich kochen?«

Es war jeden Tag die gleiche Leier. Laura öffnete den Kühlschrank. Aber der bot auch nur einen traurigen Anblick. Laura seufzte.

»Ja, da kannst du meckern, du Ziege«, fing sie wieder an, »wann soll ich denn einkaufen? Ich komme ja hier nicht weg. Mich nimmt ja keiner mit.« Und nach einer kleinen Pause seufzte sie in weinerlichem Ton: »Ach Kind, ich glaube, wir ziehen doch hier weg. Muss mal mit deinem Vater reden, dass der etwas mehr zahlt. Dann könnten wir uns in Schwabach oder Ansbach eine kleine Wohnung nehmen.«

»Ja, ok«, war Lauras Antwort. Das Wort »Mutter« war ihr schon lange nicht mehr über die Lippen gekommen. Wenn sie manchmal nach der Schule bei einer Freundin eingeladen war und sah, wie freundlich und partnerschaftlich Mutter und Tochter miteinander umgehen konnten, kamen ihr manchmal die Tränen. In einer warmen Sommernacht war sie einmal in den gegenüberliegenden Pferdestall des Nachbarhofes gegangen, weil sie nicht hatte schlafen können. Da hatte gerade eine Stute ihr Junges zur Welt gebracht. Liebevoll beugte sich die Stute über das Kleine und leckte ihm so lange über das nasse Fell, bis es trocken war. Als Laura dies sah, musste sie an ihre Mutter denken, die ihr immer wieder deutlich machte, dass sie ja letztlich gar nicht erwünscht war und ihr schon seit fünfzehn Jahren auf der Tasche liege. Laura waren in diesem Moment dicke Tränen die Wangen herunter gelaufen. In den fünfzehn Jahren ihrer Kindheit und Jugend war sie oft mit all ihren Fragen und Problemen allein gewesen.

»Ich geh nach oben und mache meine Hausis«, sagte Laura, nahm ihren Rucksack und stampfte die schmale Holztreppe nach oben. Ihre Mutter fragte nicht einmal: »Wie geht's in der Schule? Was hast du denn auf?« Sie interessierte sich für nichts, was ihre Tochter betraf. Nur sie stand mit all dem Elend dieser Welt alleine da. Oh, wie Laura das alles verabscheute. Diese Frau, das alte Haus, den Stallgeruch, den Bauern, das Dorf … einfach alles. Aber in drei Jahren, wenn sie volljährig ist, würde sie hier abhauen, das stand hundertprozentig fest. Sie wusste, dass ihre Großeltern väterlicherseits für sie ein Sparbuch angelegt hatten, dass ihr dann etwas Startgeld in ein besseres Leben ermöglichen würde.

Laura öffnete die Tür zu ihrem Zimmer. Minki, die alte Hofkatze, kam ihr maunzend entgegen. Sie hatte den ganzen Vormittag auf Lauras Bett geschlafen und strich nun schnurrend um ihre Beine. »Wenigstens du freust dich, dass ich nach Hause komme«, sagte Laura, bückte sich und kraulte das struppige Fell. Als Antwort kam ein leises Maunzen, als hätte sie Laura verstanden.

Laura schloss die Tür. Das Zimmer war kalt und muffig, obwohl die Mittagssonne dieses schönen Spätsommertages durch die fast blinden Scheiben des Fensters strahlte. Laura hatte sich ihr Zimmer, soweit dies möglich war, nach ihren Bedürfnissen eingerichtet. Über dem alten Bett hing ein Plakat des Kinofilms *Die Welle* und gleich daneben ein Wandregal mit ein paar Büchern. Laura las viel und gerne. Zurzeit las sie *Ich hau erst mal ab* von Johanna Nilsson. Der Titel hatte sie angesprochen, weil ihr dieser Gedanke ständig durch den Kopf spukte. Aber auch ein paar Schulbücher lagen auf dem Regal herum. Laura hatte viele Interessen. In der langen Zeit, in der sie immer wieder alleine war, hatte sie gelernt, sich selbst zu beschäftigen. Laura las nicht nur viel, sie hörte außerdem gern Musik. Im Augenblick war die Band Rammstein ihr Favorit. Ansonsten fand sie aber auch Glashaus, Ich + Ich, Lady Gaga und Lifehouse richtig gut.

Unter das Fenster, das hinaus auf den Hof zeigte, hatte Laura einen Tisch gestellt, auf dem ihr wichtigstes Instrument zur Außenwelt stand: ihr Laptop.

Erfreulicherweise hatte ihr Vater die Kosten für eine Flatrate übernommen, sodass sie wenigstens diesen Luxus genießen konnte. Ohne Laptop und die Möglichkeit, mit Freunden jederzeit Kontakt aufnehmen zu können, wäre sie hier in dieser Einsamkeit bestimmt schon gestorben. »Wer nicht online ist«, hatte einmal ihre Freundin Simone gesagt, »nimmt nicht am Leben teil.« Und wenn Laura so darüber nachdachte, stimmte das auch. Denn im Internet pflegte sie ihre sozialen Kontakte und erfuhr wenigstens, was außerhalb der Schule und dieses trostlosen Dorfs stattfand.

3

Im achtzig Kilometer entfernten Nürnberg schaltete in diesem Augenblick Wolfgang seinen PC aus und lehnte sich bequem in seinem Sessel zurück. Was er nicht für möglich gehalten hatte, war eingetroffen. Und dabei war es noch nicht einmal so schwer gewesen. Der Fünfundvierzigjährige hatte sich mit falschen Angaben in einem Chatraum für Jugendliche eingeloggt. Die Idee war ihm gekommen, als er seinen achtzehnjährigen Sohn Maik immer wieder mit Freundinnen chatten sah.

Wolfgang fühlte sich schon lange zu jungen Mädchen hingezogen, besonders zu den Zwölf- bis Sechszehnjährigen. Er konnte nicht sagen warum, aber sie übten auf ihn eine erotische Anziehungskraft aus, und er spürte jedes Mal eine starke Erregung, wenn er ihnen begegnete und in der U-Bahn oder im Supermarkt an der Kasse dicht neben ihnen stand. Beruflich und auch sonst hatte er nichts mit Mädchen in diesem Alter zu tun.

Darum schaute er ihnen heimlich nach, wenn er im Sommer im Straßencafé oder im Schwimmbad saß und durch seine dunkle Sonnenbrille die Augen wandern ließ. Es wühlte ihn immer wieder aufs Neue auf, wenn er die schlanken Beine in eng anliegenden Jeans oder die sportlich jungen Körper im Bikini sah und die kleinen Brüste, die sich leicht durch das T-Shirt abzeichneten oder nur von knappen Oberteilen bedeckt waren. Diese Bilder umkreisten ihn Tag und Nacht wie Satelliten die Erde.

Niemand wusste von seinen Neigungen, durfte und sollte es auch nicht wissen. Sie lagen wie eine schwere Last auf ihm, die er ständig unter Kontrolle halten, beziehungsweise unterdrücken musste. Manchmal kam er sich vor wie Dr. Jekyll und Mr. Hyde aus der Novelle des schottischen Schriftstellers Robert Louis Stevenson, in der erzählt wird, dass aus dem gutmütigen und freundlichen Arzt Dr. Jekyll in der Nacht der ungezügelte und brutale Edward Hyde wird, obwohl es sich um ein und dieselbe Person handelt. Auch in ihm, Wolfgang, dem braven Ehemann, Familienvater, Arbeitskollegen und Nachbarn, kämpfen zwei unterschiedliche Persönlichkeiten. Niemand in seinem Umkreis traute ihm diese nicht normalen sexuellen Wunschvorstellungen zu.

Das Internet würde ihm nun die Möglichkeit bieten, mit diesen, in der realen Welt unerreichbaren, Mädchen in Kontakt zu treten, ohne seine wahre Identität und sein Alter preisgeben zu müssen. Hier könnte er online heimlich ausleben, was ihm in der Realität nicht möglich ist. Diese Fiktionen beschäftigten ihn so sehr, dass sie einen immer breiteren Raum in seinem Leben einnahmen.

Deshalb hatte er öfter seinem Sohn Maik interessiert über die Schulter geschaut, um sich angeblich beiläufig über soziale Netzwerke und Chatten aufklären zu lassen. Maik war manchmal, neben Facebook und SchülerVZ auch im *LINUS-Chat.* Während er bei Facebook und im SchülerVZ überwiegend mit Leuten kommunizierte, die er bereits kannte, bot der *LINUS-Chat* Kontakte zu vielen Usern und warb mit dem Slogan:

LINUS – der coolste Chat der Welt! Treten Sie ein, in das virtuelle Warenhaus Ihrer Wünsche. Und weiter hieß es: *In unseren Abteilungen ist für Groß und Klein alles dabei. Umfassende Kontrollen garantieren Ihre Sicherheit!*

Unter der Überschrift: *Jetzt mitmachen – es ist kostenlos,* brauchte man nur noch ein paar Formalitäten einzutippen. Dies erschien Wolfgang ganz einfach. So gab er bei der Registrierung eine falsche Adresse und einen falschen Geburtstag ein.

Einige Chatforen, so hatte er gelesen, können nur mit Registrierung einer gültigen E-Mail-Adresse, ja sogar nur nach Angabe der Personalausweisnummer betreten werden. Das schreckt dann doch viele Betrüger ab. Solche Nutzer werden auch *Fakes* genannt, weil sie vortäuschen, jemand zu sein, der sie nicht sind.

Als persönlichen Nickname schrieb er zielbewusst *thomas16,* damit sofort deutlich wurde, wie alt dieser Thomas ist. Ein Passwort war auch schnell gefunden und Geburtstag, -monat und -jahr rechnete er auf sechzehn Jahre aus.

Der Hinweis auf umfassende Sicherheitskontrollen machte ihn zwar nervös. Aber der Gedanke, bald mit jungen Mädchen zu chatten, beflügelte wieder seine Energie.

Er tippte also:

Nickname: *thomas16*
Name: *thomas neubert*

Er war der Ansicht, dass er seriöser wirkte, wenn er einen Nachnamen angab.

Alter: *16*
Wohnort: *köln*
Beruf: *schüler, 9. klasse, gymnasium*
Hobbys: *schwimmen, mädchen, disco*

Als er nach einer alternativen E-Mail-Adresse gefragt wurde, zögerte er einen Augenblick, wollte er doch auf keinen Fall seine offizielle angeben. Also legte er sich kurzerhand einen falschen E-Mail-Account mit dem Namen observer@linelife.de zu.

Nun musste er noch auf *registrieren* drücken. Seine Anspannung stieg, als er endlich auf das Feld *jetzt chatten* klickte.

Und siehe da: Er war online im *Restaurant,* dem öffentlichen Raum des *LINUS-Chats*.

Der *LINUS-Chat* war aufgebaut wie ein Warenhaus. Es gab einen *Geschäftsführer* als angeblichen Beobachter, dann folgten *Restaurant, Herren- und Damenabteilung, Spielwaren, Partyservice, Getränkeshop, Sport und Fitness* und die *Jugend- und Kinderabteilung.*

Zusätzlich hatte jeder Chatter die Möglichkeit, an andere Teilnehmer Privatnachrichten zu schicken, ohne dass Unbeteiligte den Inhalt mitlesen können.

Aufmerksam sah Wolfgang dem Treiben zu, immer noch misstrauisch und mit klopfendem Herzen, um nicht doch noch wegen seiner falschen Identität von einem Moderator als Fake enttarnt zu werden. Doch nichts Ungewöhnliches geschah. Er las eine Zeit lang die Gespräche im *Restaurant* mit, die aber zu sehr dümmlicher Natur waren, als dass sie ihn interessiert hätten. Er befand sich ja auch im öffentlichen Raum, in dem jeder Anwesende mitlesen konnte.

Alle Chatter hatten ein Profil ausgefüllt, das mehr oder weniger persönliche Angaben enthielt. Manche waren mit einem Foto des Chatters oder einem Avatar versehen.

»Ja, ein Bild wäre nicht schlecht«, dachte Wolfgang, »das Bild eines sympathischen Jungen. Dann kommen die Mädchen vielleicht schneller auf mich zu.« Er googelte nach Bildern und entschied sich für das Bild eines blonden, etwa sechzehn Jahre alten Jungen und kopierte es auf sein Chatprofil. Andere Nutzer hatten noch weitere Bilder in ihr Profil gestellt. Wolfgang fügte deshalb zusätzlich das Panorama von Köln mit Blick auf den Rhein und den Dom mit dem Hinweis »my city« hinzu.

4

Laura warf sich auf ihr Bett, das bedenklich knarrte. Lange hielt dieses alte Gestell, in dem sicher schon Generationen von kleinen Bäuerinnen und Bauern gezeugt worden waren, nicht mehr stand. Aber egal. Sollte das alte Ding doch zusammenkrachen, vielleicht bekam sie dann ein neues oder musste auf dem Boden schlafen, weil es niemanden interessierte. Minki sprang gleich auf ihren Bauch und schnurrte genüsslich. Die Katze suchte immer wieder dankbar Nähe und Wärme.

Nach dem Schulvormittag mit Mathe, Deutsch und Sport war erst einmal chillen angesagt. Laura hatte sich auf den Rücken gelegt und starrte zu den alten Holzbalken an der Zimmerdecke hoch. Eine dicke Spinne hockte bedrohlich in einer Ecke und schien sie zu beobachten.

»Glotz nicht so«, murrte Laura angeekelt. Oh Mann, und immer dieser widerliche Geruch. Aber diesmal kam er intensiver von Minki, die sich oft im Stall herumtrieb und nach allem Möglichen roch. »Hau ab, Stinki!« Das struppige Tier hatte es sich aber so gemütlich auf Lauras Bauch gemacht, dass sie sich nicht vertreiben ließ, sondern nur noch fester zusammenrollte.

»Laura!«, bellte die schrille Stimme ihrer Mutter plötzlich durchs Treppenhaus. »Hol' mal einen Eimer Wasser drüben bei den Hubers. Hier spinnt wieder die Zuleitung!«

Soll sie doch ihr Wasser selber holen. Laura biss sich auf die Unterlippe, setze die Kopfhörer auf und ließ *Silbermond* in ihren Gehörgang fluten. Was ihre Mutter sonst noch alles schrie, entzog sich deshalb Lauras Kenntnis. Nach oben würde sie eh nicht kommen, dazu war sie viel zu faul. Das wusste Laura, und auch das Gezeter würde bald wieder verstummen.

Caro wollte um drei Uhr online kommen. Caro, oder besser Carolin – aber ohne »e« –, war eine gute Freundin, zeitweise sogar ihre beste. Sie wohnte ebenfalls auf dem Land, hatte aber einen älteren Bruder, der sie manchmal abends oder am Wochenende mit in die Stadt nahm. So konnte sie mehr unternehmen als Laura. Seit drei Wochen hatte Caro einen Freund, ein Kumpel ihres Bruders, den sie auf einem Dorffest kennengelernt hatte.

Tja, und wenn Freundinnen einen Freund haben, dann verschieben sich oft die bis dahin gemeinsamen Interessen. Jungs können von heute auf morgen das Leben eines Mädchens auf den Kopf stellen. Dann heißt es nur noch: David hier und David da, David am Morgen, David am Mittag, David am Abend. Und wie er küsst und wie er sie berührt, und na ja, das andere wollte sie gar nicht wissen. Für eine Solo-Gängerin wie Laura sind solche Gespräche manchmal echt ätzend. Aber ok, wie sagte ihr Großvater manchmal: »Man muss auch gönnen können!«

Wahrscheinlich flirtete sie wieder mit ihrem süßen David zeitvergessen am Handy. Dann könnte das natürlich dauern. Also hieß es geduldig sein und warten.

Laura schob die Kopfhörer wieder runter und begann nach etwas Essbaren zu suchen, denn ihr Magen knurrte schon hörbar. Minki sprang erschreckt unters Bett, als Laura so ruckartig aufstand. Irgendwo mussten noch ein paar Kekse und etwas Schokolade liegen. Ahja, auf dem Bücherregal, sinnigerweise neben dem Buch *Schlankwerden ohne Stress*. Laura stopfte den Rest Schokolade und die Kekse in den Mund, öffnete ihren Laptop und drückte auf die On-Taste. Der alte Laptop gab bedenkliche Geräusche von sich und knisterte unheimlich, als er langsam hochfuhr und es dauerte immer eine Weile, bis sich eine Verbindung aufbaute. Laura schaute zuerst auf Facebook. Aber außer ein paar neuen Mitteilungen von Sabrina, Melanie und Andy gab es nichts Interessantes. Steffi hatte mal wieder ihr Profilbild geändert, das natürlich von Marc lästernd kommentiert worden war. Tanja und Christine waren seit gestern Freunde. Laura musste grinsen. Ausgerechnet Tanja und Christine. Naja, warum auch nicht? Und der supercoole Mike glänzte mal wieder mit einem seiner Sprüche: »he schatzis, geschmeidig bleiben, bin gleich für euch da, muss nur noch gucken, was lena, robbie williams und barack obama mir geschrieben haben * hab euch alle ganz doll lüb«.

Oh, da stand noch eine Freundschaftsanfrage. Laura klickte drauf. Oh nein. Nicole aus der Parallelklasse. Laura wusste, wenn sie auf *Bestätigen* drückte, dann nervte sie sie nicht nur in der Pause, sondern auch noch auf Facebook. Würde sie aber auf *Nicht jetzt* gehen, wäre Nicole auf den Tod beleidigt. Also am besten erst mal gar nicht reagieren.

Laura meldete sich bei Facebook ab und loggte sich im *LINUS-Chat* ein. Zuerst ging sie in den öffentlichen Raum *Restaurant*, dann in *Sport und Fitness,* um schließlich in die *Jugendabteilung* zu wechseln.

Von ihren Freunden, oder besser gesagt Kumpels im Chat, war noch niemand zu sehen. Laura hatte im Laufe der Zeit hier viele Typen kennengelernt, wobei sie die meisten allerdings nicht persönlich kannte. Irgendwie fand sie das dennoch spannend. Auf Facebook oder im MSN-Messenger waren überwiegend Leute, die sie kannte. Im *LINUS-Chat* aber tummelten sich viele rum. Größtenteils wurde sie hier angeschrieben. Wenn die Jungs altersgleich waren und annähernd höflich schrieben, hatte sich meist eine lockere Chatbeziehung entwickelt.

Im Raum *Sport und Fitness* beobachtete sie eine Zeit lang die doofen Unterhaltungen der anwesenden Chatter mit Namen wie *eierschale, I-have-a-dream, Crazy_Angel, sunnyforyou* oder *overkill:* »hi, my hit is fit«, »eine sie mit lust auf bockspringen«, »jemand heiß auf meine reckstange«, »brustkraulen gewünscht«.

Laura bekam Gänsehaut. Es sah so aus, als wenn sich wieder einmal nur überwiegend perverse Typen hier tummelten. Sie schüttelte angewidert den Kopf. Solchen Gestörten, die ihren Verstand nur in der Hose trugen, antwortete sie erst gar nicht.

Ihr Profil hatte sie mit viel Mühe und Zeitaufwand gestaltet. Nicht ganz ohne Hintergedanken. Vielleicht fand sie hier einen netten Jungen und vielleicht konnte aus einer guten Chatfreundschaft auch mehr werden. Sie nannte sich: *laura.angel*

Im Profil war zu lesen:

Name:	*laura*
Alter:	*15*
Sternzeichen:	*Jungfrau, kann nix dafür*
Größe:	*1,72 m*
Haare:	*blond*
Augen:	*blau*
Körperbau:	*schlank*
Typ/Stil:	*bequem, jeans & t-shirt*
Alkohol:	*nur in geselliger runde*
Essen:	*alles mögliche*
Wohnort:	*mittelfranken*
Beruf:	*schülerin, gym, 8. klasse*
Eigenschaften:	*ehrgeizig, freundlich, tolerant, treu, lustig, aber auch leicht reizbar, ungeduldig, stur*
Hobbys:	*frag einfach nach*
Übrigens:	LIEBE findet man nicht. LIEBE passiert!

Ein Bild von sich hatte Laura nicht ins Profil gestellt, sonst kamen andauernd die gestörten alten Kerle, sobald sie das Foto eines Mädchens entdeckten. Ihre bebilderten Freundinnen waren schon total genervt und fanden das widerlich. Laura hatte deshalb nur ein großes Smiley als Profilbild reingestellt und außerdem noch vermerkt:

1. Ich habe keine Cam und bin auch nicht an einem CamChat jeglicher Art interessiert. Im Übrigen ist es mir nicht wichtig, dass du ein Bild in deinem Profil hast. Wäre zwar nett und hilfreich, aber nicht unbedingt notwendig.

2. Ich habe nichts verloren, bin hier also auch nicht auf der Suche nach irgendwas. Kaum zu glauben, aber man kann auch aus Langeweile chatten!

3. Das betrifft hauptsächlich alle CS- und TS-Gestörten: Ich bin nicht hier, um dich geil zu machen oder dir bei deinen Erektionsproblemen behilflich zu sein. Wenn du zu peinlich oder zu blöde bist, um dich im wirklichen Leben auszutoben, ist das nicht mein Problem. Also nerv nur die Leute mit deinen dämlichen Fantasien, die so denken wie du! Kleiner Tipp am Rande: Es gibt genügend Einrichtungen für sexuell Frustrierte. Diese nennt man Bordell, geh dort hin oder ruf eine der vielen 0900-Nummern an ...

4. Wenn du nur Ein- oder Zweiwortsätze nach dem Motto: »wie geht's?«, »wie alt?« oder »woher?« zustande bringst, sag ich kurz und knapp »bye!« Denn auf oberflächlichen Smalltalk hab ich keine Lust!

5. Wenn dir die deutsche Rechtschreibung sonderlich schwer fällt, verschone mich bitte. Dann brauchst du mich ebenfalls gar nicht erst anzuschreiben.

6. Ich wäre sehr froh, wenn du über ein Mindestmaß an Denkorgan und Anstand verfügst.

Also erspar mir bitte primitive, niveaulose Sprüche und Fragen!

D A N K E !

Wenn du meinen Anforderungen aber standhältst, darfst du mich gerne anschreiben.

Ich freue mich über jede nette Unterhaltung und natürlich immer über neue Kontakte.

Aber trotz der deutlichen Hinweise musste Laura immer wieder feststellen, dass die meisten sie gar nicht gelesen hatten oder einfach ignorierten.

Sie wechselte in die *Jugendabteilung*. Hier waren fünf weibliche und zwei männliche Nicknames auf der Liste. Laura grüßte mit »hi@all«. Anstelle einer Antwort ging sofort das Fenster einer Privatnachricht auf. »einer.fuer.alle will kontakt mit dir.«

Laura sah auf die Altersangabe. 32 stand da. Das war nicht ihre Liga, und so klickte sie auf *nein*. Und außerdem, was machte der in der *Jugendabteilung*?

Dann erschien *bigtail* und fragte, wie es denn »so geht und steht«. Aber allein der Nick verhieß nichts Gutes. Wer sich schon »dicker Schwanz« nennt und fragt, wie es steht, hat bestimmte Absichten, auf die Laura nun wirklich keinen Bock hatte. Sie wechselte wieder in den öffentlichen Raum *Restaurant*.

Hier war es für Jugendliche allerdings noch schlimmer. Denn kaum hatte Laura sich eingeklinkt, gingen auch schon die privaten Fenster auf mit Anfragen von Typen zwischen fünfunddreißig und fünfundsechzig Jahren. Laura wollte erst gar nicht wissen, mit welcher Anmache die notgeilen Kerle sie anschrieben. Sie hatte das alles schon zigmal gelesen: »na süße, wie geht's?«; »auch lust auf lust?«; »biste geil heute?«; »was haste denn schönes an?«; »biste auch allein?«; »willste meinen mal vor der cam sehen?«

Das Ekelhafteste ist ihr mal ganz am Anfang passiert, als sie noch wenig Chaterfahrung hatte. Da fragte einer an, ob sie auch eine Webcam habe. Als sie verneinte, meinte er, das wäre egal, aber er hätte eine, und ob sie ihn mal sehen wolle. Neugierig, wie sie eben war, stimmte sie ohne Bedenken zu. Dazu müsse sie aber in den MSN-Messenger wechseln. Arglos öffnete sie den Messenger. Nach einer Weile kam die Anfrage, ob sie annehmen wolle. Klar wollte sie. Also drückte sie auf *Annehmen*, und was sie plötzlich sah, haute ihr fast den Vogel raus. Auf dem Bild sah sie einen Kerl mit runtergelassener Hose, der sich lustvoll selbstbefriedigte, laut stöhnte und fragte, ob ihr das gefalle. Laura war so erschrocken, dass sie instinktiv den Deckel ihres Laptops zuschlug und rief: »Aber hallo, was war denn das?«

Im Gespräch mit Freundinnen erfuhr sie, dass es wohl für perverse Kerle ein geiler Kick ist, sich nackt vor jungen Mädchen zu zeigen.

Nina wurde von einem Kerl einmal gefragt, ob sie ihm für fünfzig Euro einen gebrauchten Slip schicken würde.

Und Babsi erzählte, dass ein alter Knacker ihr hundert Euro bieten wollte, wenn sie ihn treffen würde und er sie überall anfassen dürfe. Sie brauche keine Angst zu haben, er wolle sie nur in seinem Auto befummeln.

Dass viele Kerle nach Nacktbildern fragen, scheint ebenfalls übliche Praxis zu sein. Besteht denn der ganze Chat nur aus kranken und notgeilen Typen?, dachte Laura.

Caro, die alte Trödeltante, war immer noch nicht online. Ihr David kaute ihr sicher wieder beide Ohren ab.

Vielleicht sollte Laura zwischenzeitlich einen Blick auf die Mathe-Hausaufgaben werfen – oder? Ach, dachte sie, kann ich später immer noch. Ich schau mir mal wieder ein paar Profile an, vielleicht ist ein netter junger Mann dabei, mit dem man normal schreiben kann.

Laura ging auf die Rubrik *Wer ist alles on?* Wow, über zwanzig Chatter der Altersgruppe elf bis zwanzig waren schon da. Sie sah sich die Nicknames an. Die meisten waren eindeutig und verrieten sexistische Wünsche.

Plötzlich las sie *thomas16*. Neugierig klickte sie auf den Namen, um das Profil zu öffnen. Ein gutaussehender blonder Junge, so etwa in ihrem Alter, lachte sie mit hellen blauen Augen an. Darunter stand: *thomas neubert, 16 jahre, 9. klasse gym.* Dann war da noch ein Panoramabild von Köln mit der Unterschrift: »my city«.

Laura war sofort begeistert. Endlich mal ein Normaler. Kein Scheiß, kein Sex, kein Imponiergehabe.

Als Kommentar schrieb sie unter das Bild: »tolle stadt, gruß laura«.

5

Der fünfundvierzigjährige Wolfgang war Autoverkäufer. Er arbeitete für eine japanische Firma am Rande von Nürnberg. Wenn keine Kunden da waren und er nichts zu tun hatte, ging er in letzter Zeit immer häufiger privat ins Internet, obwohl das von der Geschäftsleitung nicht gern gesehen wurde. Aber solange keiner etwas merkte, fühlte er sich sicher. Jetzt um halb drei waren seine beiden Kollegen aus der Mittagspause zurück und in seinem Kalender stand erst um halb vier der nächste Kundentermin.

Er nahm noch einen Schluck Kaffee und schaute durch die große Fensterscheibe hinaus auf die Straße. Alles war ruhig. Zeit, um ungestört ins Internet zu gehen. Er drehte seinen Monitor zur Seite, damit niemand direkt darauf schauen konnte, und loggte sich im *LINUS-Chat* ein. Nachdem er *thomas16* und sein Passwort eingegeben hatte, war er in Sekundenschnelle im Chat.

Automatisch landete er im öffentlichen Chatraum, dem *Restaurant* und verfolgte die nichtssagenden Dialoge einiger Anwesender, die sich über allen möglichen Schwachsinn unterhielten. Vielleicht sollte er mal nach jungen Mädchen Ausschau halten und in die *Jugendabteilung* wechseln.

Er ging auf sein Profil und sah plötzlich auf dem Panoramabild ein paar Sterne mit einem Kommentar von *laura.angel*: »tolle stadt, gruß laura«. Darunter stand das Datum des gestrigen Tages. Sein Puls schlug schneller und er merkte, wie seine Hände feucht wurden. Wer war Laura? Aja, da gab es die Möglichkeit, Lauras Profil einzusehen. Ungeduldig klickte er darauf. »laura, 15 jahre« las er. Leider hatte sie kein Bild. Aber allein der Gedanke, dass eine Fünfzehnjährige ihn angeschrieben hatte, machte den Fünfundvierzigjährigen ganz wuschig. Sorgfältig las er Lauras Profil. Auch ihre Hinweise registrierte er und wusste sofort, dass er überlegt vorgehen musste. Dennoch wollte er unbedingt antworten und den Kontakt herstellen. Hierzu gab es in diesem Chat die Möglichkeit, eine private Nachricht, die sogenannte MallMail, an andere Chatter zu senden. Also tippte er: »danke, gruß tommy«, und schickte sie ab.

6

Zehn Minuten nach drei, und Caro war immer noch nicht online. Och Menno. Seit sie mit diesem David ging, war kaum noch Verlass auf die sonst so pünktliche Caro. Laura kaute wieder nervös auf der Unterlippe herum und überlegte. Jetzt noch mal runter in die Küche gehen, um was Trinkbares zu organisieren, wäre zu gefährlich. Ihre Mutter könnte auf dumme Gedanken kommen und ihr irgendeine Aufgabe reindrücken. Dann dürfte sie doch noch Wasser bei Hubers holen. So schlich sie leise in den Flur, denn in der hinteren Ecke stand meist eine Kiste mit Limo-Flaschen. Aber die alten Holzdielen knarrten und verrieten jeden Tritt.

»Laura!«, tönte es sogleich von unten. »Laura, kannst du mal zum Maierle rüber und ein paar Eier holen? Dann kann ich dem Bernd heut' Abend Spiegeleier braten.«

»Leck mich«, brummte Laura leise und dachte: Typisch für diese Frau, zuerst auf Bernd schimpfen, dass er in der Stadt Essen geht, und nun wieder diese Schleimtour: »Schau mein Schatz, ich hab dir ein paar Spiegeleier mit Speck gebraten.« Laut sagte sie: »Muss Hausaufgaben machen und mit Caro Mathe besprechen!« Was ihre Mutter weiter von sich gab, konnte Laura schon nicht mehr hören. Sie schnappte sich eine Limo-Flasche, tauchte schnell wieder in ihr Zimmer ab und drückte die Kopfhörer auf die Ohren.

Na endlich: *caro.maus* geruht online zu kommen. »hi, sry, musste noch küche in normalzustand bringen, sonst reißt mir meine mum alle haare raus!«

»meine würde mich gleich schlachten«, tippte Laura zurück, und grinste über die nette Ausrede ihrer Freundin. Niemals würde Caro zugeben, dass ihr David der wahre Grund für die Verspätung war.

»du sag mal«, regte sich Laura auf, »der lehner knallt doch

voll durch, nur weil in seinem ätzenden unterricht ne sms auf meinem handy gepiept hat, nimmt der mirs für drei tage weg, darf der das überhaupt?«

»die dürfen alles«, schrieb Caro, die stellvertretende Klassensprecherin war, »aber ihr habt doch Festnetz«

»festnetz is nur für meine gnädige frau mutter da, und wehe ich hols in mein zimmer, dann kackt aber die dampfe«

»lol«, schrieb Caro.

»anderes thema«, war Lauras Antwort, »haste schon mein neues profil gesehen?«

»wie, haste ein neues, mom ich gucke mal«

»so, wieder da, cool, und das mit dem sternzeichen und jungfrau, das du nix dafür kannst, hihi«

Als Laura in diesem Moment auf ihr Profil ging, sah sie plötzlich die MallMail und las: »danke, gruß tommy«.

»he caro, ich hab ne mallmail von thomas aus köln, warte muss erst lesen«

»hä? thomas aus köln?« Caro verstand nichts mehr.

Es dauerte eine Weile bis Laura wieder schrieb: »o mann ist der süß«

»wo haste den denn kennengelernt«, wollte Caro wissen.

»hab nur profile angeguckt, und gesehen, dass der aus köln kommt, mir hat das bild gefallen«

»von dem typen«

»ne, ja, schon, der hatte son bild von köln drin, echt supi,
da würd ich gern mal hin«

»und antwortest du dem?«

»klar, schaut net schlecht aus, ist sechzehn und macht neunte klasse gym«

»he, der kann dir vllt die hausis mit den bruchgleichungen machen, wenn der inner neunten ist, hatten die das doch schon«

»du und deine tipps«, schmunzelte Laura.

Aber wenn sie so darüber nachdachte, hatte Caro gar nicht so unrecht. Warum nicht, wenn er gut in Mathe ist …

»ich kann doch net gleich mit mathe über den herfallen,

ich kenn den typen doch gar net, aber die idee ist trotzdem supi *g* kanns ja versuchen«

»was schreibste dem denn, isser ON?«, wollte Caro wissen.

»he langsam, mal nicht so neugierig, caro.maus, ich frag ja auch nicht nach deinem david«

»da gibt's nix zu erzählen«, kam die etwas säuerliche Antwort.

»wers glaubt«, schrieb Laura zurück.

Eine kurze Weile herrschte Funkstille zwischen den beiden Freundinnen, dann schrieb Caro:

»isser denn auch bei facebook, haste schon nachgeguckt?«

»weiß nicht, kann ja mal gucken«

»sag mir mal den nick von dem typen, ich guck mir den mal an«

»finger weg«, schoss Laura zurück, »der ist meiner«

»ok, ok, keine bange, bin glücklich vergeben«

Nach einer weiteren Pause wollte Caro wissen: »was machste denn mom?«

»och, nix besonderes«

»guck doch mal bei facebook«, schrieb Caro, »steht er denn mit seinem vollen namen drin?«

»du nervst mit deiner neugier«, ärgerte sich Laura.

Dann flogen Belanglosigkeiten hin und her, während Laura immer wieder einen Blick auf das Bild des blonden Kölners warf. Ja, der war wirklich süß. So einen Freund würde sie sich wünschen. Er sah richtig toll aus und war sicher nicht so bekloppt wie viele andere hier im Chat.

»he«, meldete sich Caro, »schreibst du schon mit ihm, weil du so lange pausen machst?«

»ne, der ist leider nicht on, aber ich will ihm antworten, auf alle Fälle«

»grüß ihn von mir, *g*«, schrieb Caro.

»jaja«, gab Laura zurück, was soviel heißen sollte wie »sehr witzig, der gehört mir«

»ist ja schon ok, sollst ihn haben, ist vllt nur ein fake«

»quatsch«

Daran wollte Laura gar nicht denken, obwohl sich hier in den Chaträumen viele unechte Typen rumtrieben. Das hatte sie schon gemerkt. Aber dieser Thomas aus Köln schien ganz normal und echt zu sein, jedenfalls wollte sie das so glauben.

Dass Caro einen Freund zum Anfassen hatte, ärgerte sie schon ein wenig. »Aber«, sie dachte wieder an Großvaters Leitspruch: »Man muss auch gönnen können.«

Nachdem Caro offline gegangen war, ging Laura wieder auf die Profilseite von Thomas, um ihm eine MallMail zu schreiben: »he du, das pic von köln find ich voll cool, wohnst du direkt in köln, wann bist du denn meist on, können ja mal schreiben, lg laura«

Dann ging sie doch zu Facebook. Caro hatte sie mit ihrer Neugier angesteckt. Sie gab bei *Suche* Thomas Neubert ein. Sieben Treffer wurden angezeigt, aber ein blonder sechzehnjähriger Thomas Neubert aus Köln war nicht dabei.

7

Als Wolfgang so gegen zwanzig Uhr endlich nach Hause kam, war er genervt und schlecht gelaunt. Ein Kunde hatte zuerst eine Probefahrt gemacht, kam dann ewig nicht wieder zurück und bemängelte schließlich dies und jenes, warum er den Wagen doch nicht kaufen werde. Solche Kunden hasste Wolfgang. Ihn lange in Anspruch nehmen, Kaufinteresse heucheln, dann den Preis runter handeln und zu guter Letzt doch nicht kaufen.

»Maik hat eine Fünf in Deutsch heimgebracht«, empfing ihn seine Frau schon im Flur, »du musst unbedingt mit dem Jungen reden. Der versaut sich noch die Prüfungen. Auf mich hört er ja nicht. Die meiste Zeit hängt er vor seinem Laptop, anstatt mal was für die Schule zu tun.«

»Ja, mach ich«, schnaufte Wolfgang angekratzt, »gibt's auch was zu essen heut Abend?«

»Wenn du so spät kommst«, maulte seine Frau, »ist eh schon alles kalt.«

»Wenn alles kalt ist, kann ich auch später essen.« Wolfgang reagierte gereizt. »Ich muss sowie noch an den PC«, sprachs, drehte sich um und ging in sein kleines Büro, wobei er die Tür etwas heftig ins Schloss zog.

»Wie jeden Abend!«, hörte er seine Frau noch schimpfen, die sich wieder vor den Fernseher legte, um nach kurzer Zeit einzuschlafen. Ein erträgliches Familienleben führten die drei schon lange nicht mehr. Sie arbeitete halbtags in einem Supermarkt an der Kasse, und der Sohnemann hing meist, wenn er nicht in der Schule war, in seinem Zimmer vor dem Laptop. Gespräche beschränkten sich meist nur auf das Notwendigste.

Wolfgang ging zu seinem Schreibtisch und fuhr den PC hoch. Vielleicht hatte sich Laura auf seine Grüße hin noch einmal gemeldet. Ungeduldig wartete er, bis der virtuelle Geschäftsführer des *LINUS-Chats* ihn freundlich winkend begrüßte.

»Schön, dass du wieder hier bist, *thomas16*«, las er.

Draußen schlug die Haustür mit einem lauten Knall zu. Und schon ertönte sirenenhaft die Stimme seiner Frau: »Maik! Dein Vater will mit dir reden. Mach dich auf was gefasst. Wolfgang, Maik ist da!«

Ohne anzuklopfen riss Maik die Zimmertür auf, gerade als Wolfgang sah, dass Laura ihm eine Antwort geschickt hatte. »Mein Gott, was ist denn?«, rief er verärgert, als sein Sohn ins Zimmer stolperte. »Kannst du nicht anklopfen?«

»Warum denn so förmlich? Hast wohl Geheimnisse«, grinste Maik und sah auf den Monitor. »Chattest wohl auch neuerdings? Hast ne Frau kennengelernt?«

»Das geht dich gar nichts an«, fauchte Wolfgang und drehte den Monitor zur Seite. »Und du hast ne satte Fünf in Deutsch? Sag mal, wie willst du die Prüfung schaffen, wenn das so weitergeht? Ich glaube, ich setz dich mal auf PC-Verbot, bis die Noten besser sind.«

»Hehe«, äffte Maik, »und was machst du im Chat?«

»Nicht so laut.« Wolfgang dämpfte seine Stimme. »Also ich will demnächst mal bessere Noten von dir sehen. Und jetzt Abflug.«

Maik knurrte irgendwas Unverständliches und trollte sich davon.

Wolfgang atmete einmal kräftig durch, drehte den Monitor wieder nach vorne, als die Tür zum zweiten Mal aufflog und seine Frau im Türrahmen stand.

»Und? Was hat dein Sohn gesagt?«, wollte sie wissen.

Wolfgang war so erschrocken, dass er den Monitor beim schnellen Umdrehen fast vom Tisch geworfen hätte.

»Chattest du etwa? Darf man fragen mit wem?« Seine Frau sah ihn mit giftigen Augen an. »Ach ja, das ist also deine Abendarbeit, für die du sogar das Essen stehen lässt.«

»Nein, ich chatte nicht. Muss noch was überprüfen. Und mit

Maik habe ich geredet. Er will sich bessern. So, nun lass mich in Ruhe.«

Seine Frau seufzte und zog lautstark die Tür hinter sich zu.

Mittlerweile war Wolfgang jede Lust vergangen: der versaute Tag im Geschäft, sein Sohn mit Schulproblemen und nun auch noch seine nörgelnde Frau, die gesehen hatte, dass er sich in einem Chat aufhielt. Alles Ärgerliche kam auch immer zusammen.

Wolfgang öffnete die untere Schreibtischtür und holte eine Flasche Weinbrand hervor. Erst mal einen kräftigen Schluck zur Entspannung.

Hatte Laura geantwortet? Wolfgang wurde ganz kirre. Er horchte in die Wohnung hinein. Alles ruhig. Die Geräusche des Fernsehers drangen leise aus dem Wohnzimmer, in dem seine Frau hoffentlich bald auf dem Sofa wieder einschlafen würde.

Der Weinbrand tat ihm gut. Noch einen Schluck, noch einmal durchatmen, dann öffnete er die MallMail: »he du, das pic von köln ist echt super, wohnst du direkt in köln, wann bist du denn meist on, können ja mal schreiben, lg laura«

Ja, sie hatte geantwortet. Wolfgang fühlte sich mit einem Schlag wieder putzmunter. Der Kontakt war hergestellt. Er schloss die Augen und stellte sich vor, wie das junge Mädchen am Laptop saß und ihm die Nachricht tippte. Wolfgangs Herz schlug immer schneller. Eine leichte Erregung jagte durch seinen Körper. Irgendetwas ging in ihm vor, das er nicht beschreiben konnte. Schon lange hatte er sich danach gesehnt, mit einem jungen Mädchen Kontakt aufzunehmen. Vielleicht könnte sogar mehr daraus werden. Der normale Alltag und vor allem das Gesetz verboten sexuelle Kontakte zwischen Jugendlichen und Erwachsenen. Die Gedanken sind frei, nur die Taten sind strafbar. Aber hier, in der Anonymität des Internets, würde Wolfgang seine Neigungen ausleben. Sicherlich schickte Laura ihm Bilder, vielleicht sogar im Bikini. Seine Fantasie trieb ungute Blüten. Vielleicht konnte er sie sogar zu einem Treffen überreden.

Er wähnte sich schon nah am Ziel seiner Wünsche. Er musste es nur noch geschickt genug einfädeln. Aber da würde ihm schon noch was einfallen. Der erste Schritt, die Kontaktaufnahme, war getan. Nun galt es, Vertrauen aufzubauen.

Leider war sie nicht online. Also schrieb er als Antwort wieder eine MallMail. Aber, was sollte er als Zeitpunkt angeben? Wann war er ungestört? Vormittags war sie sicher in der Schule, nachmittags hatte er oft Kunden im Geschäft und auch keine Ruhe, seinen Neigungen nachzugehen. Er überlegte einen Augenblick. Vielleicht abends, dann könnte er sich in sein Zimmer zurückziehen und seiner Frau Büroarbeiten vortäuschen.

So schrieb er dann: »hallo laura, schön, dass du antwortest, ja ich wohne direkt in köln, ich kann den dom und den rhein von meinem fenster aus sehen, würde mich freuen, dich kennenzulernen, bin meist abends online, so ab 9 uhr, ich warte auf dich, lg tommy.«

Wolfgang schaltete den PC aus und fühlte wieder dieses Kribbeln am ganzen Körper.

8

»Na, Mädel, was machen deine Bruchgleichungen?«, grinste der Busfahrer freundlich, als Laura wieder die Letzte im Bus war und sich hinter ihn gesetzt hatte.

»Passt schon«, gab sie zurück, »hab jetzt einen, der mir's erklären kann.«

»Das ging aber schnell«, lachte der Fahrer, »gestern noch solo und heute verliebt. Tja, die Jugend, dann mach es mal gut, Mädel!«

Laura sprang aus dem Bus, der Fahrer schloss die Tür, gab Gas und ließ Laura in einer nach Diesel stinkenden Abgaswolke stehen.

Sie musste grinsen. Klar hatte sie einen. Sie kannte einen der in der neunten Klasse und sicher bereit war, ihr diese doofen Gleichungen zu erklären.

Schnell rannte sie nach Hause. Die Bäuerin vom Nachbarhof staunte nicht schlecht, als Laura ihr ein freundliches »Grüß Gott!« zurief. Sonst war das Mädchen immer verschlossen und mürrisch, aber heut war sie irgendwie anders.

Klar, sie war ja auch gut drauf, hatte nun einen Freund, wenn auch nur einen Chatfreund, aber wer weiß, es kann ja auch mehr daraus werden.

Ausnahmsweise war Lauras Mutter heute ohne Kopf- und sonstige Beschwerden und rührte in der Küche in einem übergroßen Topf, aus dem es nach Fleisch roch. »Kannst gleich unten bleiben«, rief sie als Begrüßung. »Gibt Essen. Nudeln mit Gulasch. Bernd mag das so gern!«

»Ok«, grinste Laura, »erst essen und dann chatten. Ich muss aber ganz schnell nach oben. Was gucken.«

Natürlich musste sie noch schnell ihren Laptop hochfahren, das dauerte sowieso eine Ewigkeit.

Endlich waren die Nudeln mit Gulasch verspeist. Bernd steckte sich eine Zigarette an, lehnte sich zurück und wollte einen auf Kumpel machen. »Na, Kleine, alles klar bei dir?«

Aber Laura entschuldigte sich, sie habe soviel Hausaufgaben auf, da müsse sie leider nach oben. Bernd machte eine großzügige Handbewegung, die ihr die Erlaubnis zum Aufstehen signalisierte. Laura stand auf und sprang zwei Stufen auf einmal nehmend die alte Holztreppe hinauf.

Jippie, der Monitor strahlte ihr einladend entgegen. Der Laptop ist also brav hochgefahren. Jedes Mal bangte sie darum und rechnete immer damit, dass er nun endgültig seinen Geist aufgab. Kaum dass sie sich im *LINUS-Chat* eingeloggt hatte, kam Bernds Stimme von unten: »He Kleine, wenn du deine Hausaufgaben machen willst, dann nimm mal deine Tasche aus dem Flur mit oder hast du alles im Kopf?«

Ach ja, ihren Rucksack hatte sie ganz vergessen. Also raste sie noch einmal runter und wieder rauf. Dabei wunderte sie sich über sich selbst, was Jungs in einem Mädel für Kräfte freisetzen können. Langsam begann sie, Caro zu verstehen.

Ja, Tommy hatte ihr geschrieben. Laura jubelte innerlich. Am liebsten hätte sie ganz viele Smileys mit Herzaugen geschickt.

Aber sie schrieb nur: »schade, dass du erst abends on bist, habt ihr ganztags schule? ich bleib jetzt on, vllt kommst du ja doch früher.«

Ihr Handy hatte sie immer noch nicht wieder zurück. Drei Tage konnten lang sein. Also musste sie Caro kurz über MSN eine Mitteilung schreiben.

»der typ, also tommy, hat geschrieben, o Mann, der ist so süß, er kann aber nur abends on kommen, melde dich, wenn du das liest, ich geh mal solang auf *abwesend*.«

Laura ging im *LINUS-Chat* in den Raum *Sport und Fitness*. Kaum aber, dass sie »hi@all« geschrieben hatte, popten mehrere Privatfenster auf: »na du«; »hi süße, was für sport machste denn, nacktputzen, hihi«; »wie gehts«; »alles fit im schritt«; »was treibt dich hier rein«; »auch langweile«; »lust auf lust«; »magst rollenspiele«; »willste mal zugucken«.

Oh Mann, wieder nur notgeile Kerle hier. Der Chat war von morgens bis abends leider voll von diesen gestörten Typen. Alle Altersstufen waren vertreten. Von siebzehn bis siebzig. Und je älter, je schlimmer und distanzloser.

Aber nicht nur Männer, sondern auch Frauen oder Mädchen klopften an. Meist waren es Lesben oder Bi-Typen, die auch nur Sexgespräche wollten. In diesem Fall war Laura froh, dass sie kein Bild von sich ins Profil gestellt hatte, sonst wären sicher noch mehr Fliegen auf dem Kuchen gelandet.

Widerwillig nahm sie ihr Mathematikbuch. Diese Bruchgleichungen nervten tierisch. Aber sie musste jetzt langsam mal ran. Nächste Woche würden sie eine Schulaufgabe schreiben, und die durfte sie nicht verhauen. Überhaupt sah es momentan nicht so toll mit ihren Noten aus. Aber es war ja erst Schuljahresanfang, da hatte sie noch viel Zeit, und außerdem – wie sollte sie auch lernen bei all dem Stress, den sie zu Hause hatte?

Ein langgezogenes »Riiiiiiing!« tönte aus ihrem Laptop. Ah, *caro.maus* war sicher da und meldete sich.

»na du, schon was von deinem tommy gehört?«

»jap, er hat geantwortet«

»und was schreibt er?«

»er ist nur abends nach 9 uhr on«

»komisch, haben die in köln denn ganztags schule, oder hat er vllt ne freundin«

»keine ahnung«

Die beiden Mädchen schrieben noch eine Weile, da bemerkte Laura plötzlich, dass im *LINUS-Chat thomas16* online gegangen war.

»du caro, muss dich verlassen, tommy ist grad on gekommen«

»hehe, na dann viel spaß, und frag ihn gleich mal nach mathe«

»ok, caro, ich erzähls dir dann, bis denne, cu« Laura wechselte vom MSN in den *LINUS-Chat* und schrieb als private Nachricht an *thomas16*: »hi«

»hallo, grüß dich«, kam die Antwort.

»bist ja schon früher hier, supi«

»ja, hatte heut früher schule aus, wie gehts dir«

»ja, ganz ok, passt schon, und dir«

»auch«

Laura war etwas aufgewühlt. Immer wieder vertippte sie sich, denn ihre Finger tanzten unruhig auf der Tastatur hin und her. Nur das Richtige schreiben, keinen Fehler machen, denn dieser Thomas schien echt in Ordnung zu sein.

»was machste denn?«, fragte Thomas.

»momentan hausi, doofes mathe«

»achso, hausaufgaben für die schule, was macht ihr da?«

»bruchgleichungen«

»aha«

»sag mal, haste auch MSN und bist du bei facebook?«

»nö, ist das wichtig?«

»klar, bei MSN sind alle meine Freunde, naja und bei facebook ist doch jeder«

»ok, mach ich später«

Laura überlegte, ob sie ihn gleich nach Mathe fragen sollte. Aber es würde ihn vielleicht erschrecken, wenn sie direkt mit ihrem Schulproblem kam. Auf ihre vorsichtige Frage, wie er denn so in Mathe sei, meinte Thomas nur: »Na ja, geht so«. Dann schwenkte er gleich auf Lauras Hobbys um, und erzählte, dass er selber gern Fußball spielt.

»Darf ich dich was fragen?« Eine bange Ungewissheit brannte in ihr.

»Klar«, kam die Antwort.

»Hast du ’ne Freundin?« Puh, jetzt war es raus.

Es dauerte eine gefühlte halbe Ewigkeit bis Thomas schrieb: »Nein, bin solo und du?«

»Auch«, schrieb Laura und setzte sichtlich erleichtert noch ein Smiley dahinter, »:-)«.

Als Thomas wissen wollte, warum sie keinen Freund habe, denn sie würde doch sicher gut aussehen, beschrieb sie vorsichtig ihre Wohnsituation, die Mutter, das Dorf und das Bauernhaus. Je mehr sie erzählte, umso offener wurde sie. Irgendwie hatte sie Vertrauen gefasst zu dem unbekannten Jungen.

Thomas gab freundliche Rückmeldungen: »verstehe«, »aja«, »geht mir auch so«, »lass dich nicht verrückt machen.«

Als sie sich nach einer guten halben Stunde mit einem herzlichen »ciao« und »hdl« verabschiedete, schlug ihr Herz Purzelbäume.

9

»Na«, wollte Caro wissen, als sie sich morgens im Schulbus neben Laura in den abgewetzten Sitz fallen lies, »hast du mit deinem Tommy gestern noch schön geschrieben?«

»Oh Mann, der ist solo und sooo cool.« Laura lief vor Schwärmen fast über wie eine Regentonne nach einem Gewitter. »Der kann auch manchmal nachmittags online kommen, wenn er nicht beim Fußball oder seinen Kumpels ist. Und vor allem ist er kein notgeiler Spinner mit doofer Anmache und so.«

»Hehe, ich merk schon«, grinste Caro, »dich hats ja ganz schön erwischt. Wann schreibt ihr wieder?«

»Er will es heut Nachmittag versuchen. Oh Mann, Caro, der hat es echt drauf.« Laura verdrehte schmachtend die Augen.

»Nicht, dass du später enttäuscht bist«, warnte Caro, »du kennst den doch gar nicht, und im Internet musst du immer vorsichtig sein.«

Warnungen wollte Laura jetzt gar nicht hören. Sie hatte sich seit gestern Abend aus der realen Welt verabschiedet und flog auf Wolke Sieben. Das musste ihre Freundin doch verstehen!

Der Schulvormittag zog sich schleppend hin. Immer wieder sah sie auf die Uhr. Bei Mathe dachte sie dann doch ernsthaft darüber nach, nachmittags bei Tommy nachzufragen.

»Na, Mädel«, lachte der Busfahrer, und wunderte sich über Lauras Eifer »du hast es heute aber eilig. Gibt's was Besonderes?«

»Och nö«, grinste Laura, »alles im grünen Bereich.«

Schnell sprang sie aus dem Bus, als sie endlich Wiesenbach erreicht hatten. Der Busfahrer schüttelte lachend den Kopf.

Ihrer Mutter rief sie nur ein kurzes »Hallo!« zu, dann stürzte sie die Treppe hoch in ihr Zimmer.

»Was ist mit essen?«, rief sie ihrer Tochter nach.

»Später«, war die kurze Antwort, »ich warte auf eine Nachricht.« Der Rucksack flog in die Ecke, aus der Minki erschreckt hochsprang. »Sorry«, brummte Laura und streichelte kurz die schwarz-weiße Katze, »muss doch gucken, ob Tommy schon online ist.« Es dauerte wieder einmal viel zu lange, bis der Laptop endlich die Verbindung herstellte und der Chatraum aufging. Nun galt es, geduldig zu sein und zu warten. Vielleicht kam er nachmittags wieder online.

10

Wolfgang hatte den ganzen Vormittag die neuen Wagenmodelle im Verkaufsraum mit Fahrzeugangaben und Preisen ausgezeichnet. Jetzt, am frühen Nachmittag, wollte er sich eine kurze Auszeit gönnen. Am Automaten holte er sich einen großen Becher Milchkaffee mit Zucker und ging langsam in sein Büro.

Der PC war aus, denn er war noch nicht dazu gekommen, ihn hochzufahren. Er setzte den Kaffeebecher auf den Schreibtisch, schaute, wo seine Kollegen sich aufhielten und schaltete dann den PC ein. Ein Gefühl, das sich nicht beschreiben ließ, strömte durch seinen Körper. Vielleicht würde Laura schon von der Schule zurück und online sein. Ach ja, er hatte versprochen, sich diesen Messenger runterzuladen. Am besten schaute er gleich mal nach, wie und wo man das machen kann. *windows life messenger, msn download* laß er. »Dann will ich das mal tun«, murmelte er und ging die einzelnen Schritte durch. Wieder wurde er nach persönlichen Daten und einem Nickname gefragt. Als Nick schrieb er *best.boy@hotmail.de,* so konnte er ihn eventuell auch für andere Chats benutzen, wenn *thomas16* ausgedient hatte. Bei den persönlichen Daten wurde er nur nach Namen, Alter und Wohnort gefragt, wobei er jetzt schon sorgloser damit umging. Zwei tanzende Figuren begrüßten ihn und schon ging das Fenster zum Messenger auf. »Gar nicht so schwer«, lächelte er.

Von Facebook wollte er allerdings lieber die Finger lassen. Das war ihm zu kompliziert, und er hatte keine Lust, sich da einzuarbeiten.

Seit gestern konnte er kaum an etwas anderes denken als an diese süße Laura. Wie sie wohl aussah? Er musste unbedingt ein Bild von ihr bekommen. Heute würde er sie fragen. Während er im Messenger online blieb, loggte er sich zusätzlich noch in den *LINUS-Chat* ein. Obwohl es noch früher Nachmittag war, tummelten sich bereits viele geschmacklose und bizarre Nicknames im öffentlichen Raum des *Restaurant*s.

Wolfgang lehnte sich zufrieden zurück. Er schlürfte seinen Kaffee, der mittlerweile abgekühlt war. Dafür wurde es ihm langsam immer heißer. Laura spukte immer wieder in seinem Kopf herum. Sehnsüchtig starrte er auf den Monitor.

Ein Kunde betrat den Verkaufsraum. Ausgerechnet jetzt. Missmutig stand Wolfgang auf: »Kann ich Ihnen helfen?«, fragte er wenig einladend.

»Ich schau mich nur mal um«, war die Antwort.

Wolfgang verschwand wortlos wieder in seinem Büro.

Ein Blick auf den Monitor verriet ihm, dass Laura online gekommen war und ihm ein »hi« geschickt hatte.

»grüß dich«, schrieb er gleich zurück.

»haste jetzt MSN?«, fragte Laura.

»klar, ich bin *best.boy@hotmail.de*«

»ich adde dich mal«, kam es zurück.

Bald darauf blinkte in der unteren Leiste seines PCs der Name *laura.angel* auf. Wolfgang klickte darauf, um das Fenster zu öffnen. In dem kleinen oberen Bildausschnitt lachte ihn ein hübsches Mädchengesicht mit langen blonden Haaren und blauen Augen an. »Das ist also Laura. Wahnsinn!«, brach es aus ihm heraus. »Der pure Wahnsinn!«

Nach ein paar Nettigkeiten über wie es so geht und was jeder so momentan macht, ging Laura zum Angriff über.

»du bist doch in der 9. klasse gym«

»ja, warum?«

»dann habt ihr doch sicher in der 8. klasse bruchgleichungen gemacht«

»kann sein, warum?«

»ich komm da net klar, vllt weißt du noch, wie das geht«

»und was?« Wolfgang spürte, wie sein Hemdkragen plötzlich enger wurde.

»ich soll die definitionsmenge bestimmen und die gleichung lösen, sagt dir das was?«

»oh, na ja«

»7/3x = 5/6x – 1/4«

Wolfgang schluckte. Ach du lieber Himmel, woher sollte er das wissen? Das war doch viel zu lange her, dass er so etwas lösen musste. Außerdem war er nie gut in Mathe gewesen. Dass sie ihn nach solchen Dingen fragen würde, hätte er nie im Leben gedacht. Wenn er jetzt was falsch machte, war er enttarnt und sie würde sich zurückziehen. Er musste also Zeit gewinnen.

»warte mal«

»gern«

»sry, meine mutter ruft und will was von mir, bin gleich wieder da«, fiel Wolfgang als Ausrede ein.

»ok«

Wolfgang stand auf und ging in seinem Büro auf und ab. Wie sollte er das nun beantworten? Wo sollte er auf die Schnelle Informationen herbekommen? Jetzt nach einer Seite zu googeln, die ihm vielleicht Aufschluss geben könnte, würde viel zu lange dauern. Außerdem müsste er es dann selbst kapieren, um es ihr wieder zu erklären. Er musste also irgendeine passende Ausrede finden. Dann hatte er eine Idee, ging wieder in den Messenger und schrieb: »meine mutter nervt, sie will, dass ich ihr helfe, bist du heute abend online?«

»ok, mit müttern kenn ich mich aus, dann mach mal, ja klar, bin abends meist on«

»so ab 9 vielleicht, also bis dann«

»ciao, bis denne, hdl«

»ida«

Wolfgang ging offline. Puh, damit hatte er nun wirklich nicht gerechnet. Aus der Mathe-Nummer musste er irgendwie geschickt wieder raus kommen. Die Frage war nur: wie? Seinen Sohn konnte er nicht fragen, der hatte mit seiner Vier in Mathematik auch keine Ahnung.

11

Als Wolfgang gegen neunzehn Uhr nach Hause kam, war er sehr nachdenklich.

Seine Frau sah ihn misstrauisch an: »Ist dir ’ne Laus über die Leber gelaufen?«

»Ja, so was Ähnliches«, brummte er. »Ärger in der Firma. Immer mehr Kunden wollen einen besseren Kaufpreis aushandeln. Da bleibt für uns Verkäufer kaum Spielraum. Ich geh mal ins Arbeitszimmer. Hab keinen Hunger. Der Appetit ist mir leider vergangen.«

Als er die Tür hinter sich geschlossen hatte, ging er gleich in den Messenger.

Laura war bereits online und schickte ein Smiley mit einem fröhlichen »hi! na du, mit deiner mutter wieder alles ok? warst schön brav und hast geholfen?«

»ja, alles ok, sry nochmals, dass ich so schnell off war«

»ok, np«

»np?«

»heißt: no problem, kennste das nicht?«

»doch klar, bin nur etwas durch den wind«

»passt schon, hab meine hausis jetzt auch fertig, bis auf die doofen mathe-gleichungen, ich frag morgen noch mal im unterricht, andere habens auch net«

»ok, bin auch müde, und ich glaub, wir haben nen anderen lehrplan in nrw«

»egal, hätte ja sein können, dass du das zufällig weißt«

Wolfgang atmete erleichtert auf. Das war also noch mal gut gegangen. Die restliche Zeit bis kurz nach zweiundzwanzig Uhr schrieben sie über alles Mögliche. Laura erzählte nach und nach von ihren häuslichen Schwierigkeiten, von den wenigen Freunden, dass sie noch nie einen festen Freund hatte, ihrer dörflichen Einsamkeit, aber auch, dass manches in der Schule nicht so läuft, wie es laufen sollte.

Als Wolfgang sie nach ihrem genauen Wohnort und dem Namen der Schule fragte, zögerte Laura. Auch ihre Handynummer wollte sie ihm nicht geben, noch nicht, wie sie sagte. Sie verriet lediglich, dass sie im mittelfränkischen Ansbach aufs Gymnasium geht.

Thomas heuchelte Verständnis und zeigte sich einsichtig wegen ihrer Vorsichtigkeit, gab aber zu verstehen, dass sie bei ihm keine Bedenken habe müsse und sie in Zukunft alles offen besprechen könnten.

Insgeheim dachte er allerdings, dass sich die Adresse des Gymnasiums ja problemlos herausfinden ließe. Während sie über ihre Hobbys plauderten, suchte Wolfgang intensiv bei Google nach einem Ansbacher Gymnasium. Es gab dort drei Gymnasien. Welches war wohl das Richtige? Aber nachdem sie Naturwissenschaftliches hasste, war sie vielleicht auf dem sozialwissenschaftlichen Zweig. Dann konnte es nur das TH-Gymnasium sein. Bei nächsten Mal wollte er sie mit der Frage danach konfrontieren.

Brennend gern hätte er mehr über ihr Äußeres erfahren. Deshalb fragte er so nebenbei, welche Kleidung sie denn bevorzuge. Auf die Antwort, dass sie meist bequem in Jeans und Pulli ging, fragte er flüchtig nach der Kleidergröße.

»kann dir ja mal ein pic schicken, wo ich ganz drauf bin, dann siehste, wie ich so rumlaufe, ist aber net der hit«

»gern, würd mich freuen«

»warte, ich schick mal«

Es dauerte einen Augenblick, und bald erschien das Bild eines schlanken Mädchens in Jeans und Pulli.

»du musst das pic annehmen, dann kannste es bei dir speichern, haste auch eins für mich?«

»klar, ich such dir morgen eins raus«

Wolfgang betrachtete das junge Mädchen. Es war schlank und groß gewachsen, hatte wunderschöne blonde, lange und dichte Haare. Ein kleines Bild von ihrem Gesicht hatte er ja schon in ihrem Messenger-Profil gesehen. Nun stand sie in voller Größe vor ihm. »Ein Traum, einfach ein Traum«, entfuhr es ihm leise, und seine Erregung steigerte sich. Er musste unbedingt noch mehr über sie erfahren.

»warum trägst du denn so einen weiten pulli, soll man deine brüste nicht sehen, die sind bestimmt auch wunderschön«

»hehe, die wachsen noch«

»welche körbchen-größe haste denn?«

»aber hallo, du gehst aber ran, ich glaub, das besprechen wir ein andermal, muss jetzt eh off, morgen um 6 ist die nacht rum, also n8«

Wolfgang schluckte. Vielleicht war er zu direkt gewesen und zu weit gegangen. Aber das Risiko musste er eingehen.

»ok, schlaf gut, bis morgen, hdl«

»ida«

Dann sah Wolfgang, dass sie offline gegangen war. Er blieb noch eine Weile vor dem Bild von Laura sitzen. Er musste sie unbedingt treffen. So weit waren sie gar nicht voneinander entfernt. Das dürften höchstens achtzig bis hundert Kilometer sein.

Er schaltete seinen PC aus, ging ins Wohnzimmer und setzte sich auf das Sofa neben seine Frau, die wieder vor dem Fernseher eingeschlafen war. Dann trank er zur Entspannung noch ein Bier, bevor er sich mit wilden Fantasien ins Bett legte.

12

In den kommenden Wochen trafen sie sich meist nachmittags im Chat, wenn Wolfgang in seiner Firma Pause hatte und Laura aus der Schule heimgekommen war. Aber auch abends hockten sie oft vor dem PC und schrieben einander.

Nach und nach entstand eine feste Internetfreundschaft. Laura musste sich leider mit einem einzigen Bild von Thomas, alias Wolfgang, begnügen, was sie aber im Laufe der Zeit akzeptierte, denn sie verstanden sich ausgesprochen gut und die Art und Weise, wie er schrieb, ließ sie nicht an seiner Echtheit zweifeln. Sie verließ sich einfach auf ihr Gefühl. Wie hatte der kleine Prinz in der Erzählung von Saint-Exupéry gesagt: »Man sieht nur mit dem Herzen gut. Das Wesentliche ist für die Augen unsichtbar.« Und so wollte sie es auch sehen.

Als Wolfgang sie eines Tages wieder nach ihrer Handynummer fragte, zögerte sie erneut. Sie wolle mit dem Telefonieren noch warten.

Sein aktuelles Handy konnte er dafür nicht verwenden, das würde seiner Frau auffallen. Wolfgang hatte mittlerweile eines seiner alten Handys mit einer neuen Karte versehen und somit eine eigene Nummer für diese Zwecke eingerichtet. So war er jederzeit erreichbar, ohne entdeckt zu werden.

Deshalb schickte er beim letzten Chat Laura seine Handynummer, damit sie sehen konnte, dass er Vertrauen zu ihr hat. Laura reagierte zwei Tage später und schickte ihm eine SMS, in der sie sich dafür entschuldigte, dass sie so misstrauisch gewesen war. Nun hatte er also auch ihre Handynummer und würde bald ihre Stimme hören, was ihn sofort wieder erregte.

Laura gab immer mehr aus ihrem Leben preis. Sie erzählte bedenkenlos in allen Einzelheiten ihren Tagesablauf und den schulischen Stundenplan.

Plötzlich fragte Thomas: »du bist auf dem th-gym?«

»woher weißte das?«

»Bingo«, dachte Wolfgang. »Volltreffer!«

»haste doch mal erzählt«

»echt, kann mich net erinnern, aber stimmt«

Wolfgang fragte intensiver nach ihrem genauen Stundenplan und erfuhr, dass sie mittwochs bis sechzehn Uhr Unterricht hatte und dann an der Schule noch eine halbe Stunde allein auf den Bus warten musste.

»ist das jeden mittwoch?«

»ja klar«

»und warum biste da allein?«

»weil um die zeit keiner in meine richtung fährt, das ist der letzte bus, der noch in mein dorf fährt«

»wie heißt dein dorf nochmal?«

»hehe, das willste jetzt wissen, kennste doch eh net«

»sag doch bitte«

»ne, ne, verrat ich net, hab dir eh schon so viel von mir erzählt«

»ja ok, musste ja auch net, behalt dein geheimnis« Wolfgang reagierte etwas angefressen. Aber er würde es noch rauskriegen. Wenn sie jeden Mittwoch eine halbe Stunde allein an der Haltestelle warten musste, könnte er sie dort einmal abpassen. Dieser Gedanke arbeitete ab jetzt Tag und Nacht in seinem Gehirn.

13

Der Winter kam mit Eis und Schnee, Weihnachten und Neujahr, und ihre Chat-Freundschaft wurde immer intensiver. Mittlerweile kannte er Laura schon sehr gut, denn sie war ihm sehr vertraut geworden. Im Gegenzug allerdings hatte Wolfgang wenig von sich preisgegeben, was sie aber erstaunlicherweise nicht zu stören schien. Nur ihren Wohnort wollte sie nicht verraten. Nicht, weil sie ihm nicht vertraute, sondern weil sie sich für dieses Dorf schämte. Ihr Tommy kam aus der großen Stadt Köln, und sie wohnte nur in einem kleinen unbedeutenden Kaff.

Notgedrungen musste Wolfgang ihr Geheimnis akzeptieren, obwohl dieser Mosaikstein in seiner Sammlung noch fehlte.

Gerne hätte er ihr ein kleines Geschenk zu Weihnachten geschickt, aber ohne Anschrift war dies leider nicht möglich. So tauschten sie ihre Weihnachtsgrüße per SMS aus, sprachen im Chat über Geschenke und wünschten sich gegenseitig ein gutes neues Jahr.

Nach den Weihnachtsferien unternahm Wolfgang wieder einmal einen Vorstoß bezüglich ihrer körperlichen Entwicklung und sexuellen Erfahrung. »sag mal, haste schon mal mit einem jungen?«

»nö, wie und wo denn?«

»naja, ich dachte«

»was dachtest du?«

»hattest du noch nie sex?«

»nö«

»würdest du denn gerne mal?«

»klar, wenn der richtige kommt«

»ok, ich hatte auch noch nix« Wolfgang näherte sich vorsichtig. »he, bei uns in der klasse rasieren sich die jungs unten«

»was ihr in köln nicht alles macht«

»wie, in franken denn nicht?«

»ka, wir reden über so was net«

»und du, rasierst du dich denn?«
»manchmal, wenn ich bikini anziehe«

14

Nachdem sie nun seit Herbst letzten Jahres miteinander Kontakt hatten und SMS austauschten, startete Wolfgang im Januar noch einmal einen Versuch und fragte, ob sie nicht mal telefonieren könnten. Er würde so gern ihre Stimme hören.

Laura willigte zögerlich ein: »aber du darfst nicht über meinen fränkischen akzent lachen, ok?«

»wenn du nicht über meinen kölner lachst«.

»hm«, schrieb Laura, »ok, dann ruf mal an, aber ich bin ganz aufgeregt.«

»ich doch auch«, schrieb Wolfgang, und das war ehrlich gemeint. Er holte sich Lauras Bild auf den Monitor und tippte die Nummer.

Es klingelte eine halbe Ewigkeit, dann sagte eine zarte Mädchenstimme: »Ja, hi!«

»Hi, hier ist Thomas Neubert«, antwortete Wolfgang mit einer etwas nach oben gesetzten Stimme, damit sie nicht gleich seine feste dunkle Männerstimme identifizieren konnte, »wie gehts?«

»Gut und dir?«, sagte Laura.

»Auch gut. Erzähl mal was, es ist schön, dich zu hören«, schmeichelte Thomas, alias Wolfgang. Und während er der Mädchenstimme intensiv lauschte und das Bild betrachtete, befriedigte er seine sexuelle Erregung.

»Ich muss Schluss machen«, sagte Laura plötzlich, »meine Mutter kommt.«

Wolfgang erschrak. Ob sie was gemerkt hatte? Vielleicht war sein erregtes Atmen zu hören gewesen. Nachdem er sah, dass sie immer noch im Chat war, schrieb er:

»noch da?«

»ja, sry, meine mutter kam grad rein«

»haste gesagt, mit wem du sprichst?«

»das geht die nix an, was ich mache«

»ich fands echt super, dass wir mal unsere stimmen gehört haben«

»du hast schon so ne richtige männerstimme, *g*«

»findest du? ok, thx«

Hoffentlich war ihr nicht aufgefallen, dass er fünfundvierzig und nicht sechzehn Jahre alt war. Aber sie schien nichts gemerkt zu haben. Er hatte sich bemüht, in einer höheren Stimmlage zu sprechen, um jünger zu wirken. Weil heute Dienstag war, fragte er spontan, ob sie morgen Nachmittag wieder bis sechzehn Uhr Schule hätte. Als Laura dies bejahte, fasste Wolfgang einen Entschluss.

15

An diesem Mittwoch hatte Wolfgang zufällig einen Verkaufstermin außerhalb von Nürnberg. Er sollte mit einem guten Kunden, dem Besitzer einer Bäckereikette, über den Verkauf einiger Transporter verhandeln. Da der Standort nicht mehr als fünfzig Kilometer von Ansbach entfernt lag, wollte Wolfgang anschließend weiterfahren, um Laura an der Bushaltestelle der Schule abzupassen.

Es war ein nasskalter trüber Tag Ende Januar. Immer wieder jagten Schneeschauer durch die Luft. Wolfgang musste sich anstrengen, damit die Gespräche bis fünfzehn Uhr beendet waren, damit er noch die restlichen Kilometer ohne Stress bis Ansbach fahren konnte. Kurz nach fünfzehn Uhr war es soweit. Er hatte zwar noch keinen Vertragsabschluss in der Tasche, aber die Vorfreude, bald auf Laura zu treffen, ließ das Geschäftliche zweitrangig werden. Schnell verabschiedete er sich und saß bald darauf in seinem Auto auf der A6 Richtung Ansbach. In sein Navigationsgerät hatte er die Straße eingegeben, an der die Schule lag. Der heftige Wind und die andauernden Schneeschauer erschwerten die Fahrt. Von der Autobahnausfahrt bis zu Lauras Schule waren es noch fünfzehn Kilometer. Seine Spannung wuchs. Bald würde er sie live sehen. Wie und was dann geschehen sollte, darüber hatte er sich keine Gedanken gemacht. Erst einmal treffen, sie vielleicht ansprechen, dann würde er weitersehen.

Sein Navi lotste ihn über eine Hauptstraße, dann rechts in die Berliner Straße, noch einmal links, dann stand er vor dem TH-Gymnasium. Seine Uhr zeigte ihm, dass es bereits viertel vor vier war. Also hatte er noch fünfzehn Minuten Zeit. Wieder setzte ein wildes Schneetreiben ein, als er aus dem Auto stieg. Wo war nur diese Bushaltestelle, von der Laura gesprochen hatte? Langsam ging Wolfgang auf das Schulgebäude zu. Aja, neben der Schule war noch ein kleinerer Parkplatz mit einem

Busschild.

Am besten holte er das Auto und parkte so, dass er einen guten Blick auf die Haltestelle hatte.

Es waren noch wenige Minuten bis sechzehn Uhr. Sein Herz schlug vor Aufregung immer schneller. Sein Atem wurde heftiger. Immer wieder beschlugen die Autofensterscheiben und nahmen ihm die Sicht nach draußen. Ein paar Mal musste er das Gebläse mit Klimaanlage laufen lassen, um die Straße besser sehen zu können. Außerdem war es nach kurzer Zeit wieder eiskalt im Wageninneren. Aber gleich würde er sie sehen: seine Laura.

Langsam kamen zwei Mädchen aus dem seitlichen Ausgang des Schulgebäudes, blieben aber unter den überdachten Fahrradständern stehen, um sich vor dem Schneesturm zu schützen. Die eine trug einen Parka, die andere einen schwarzen Mantel. Die mit dem Parka musste Laura sein. Ihre langen blonden Haare flogen durch den heftigen Wind hin und her. Wer war die andere? Vielleicht eine Freundin?

Mist, leider kamen sie nicht näher. Wolfgang musste jetzt handeln, sonst würde der Bus kommen und sein Traum wäre zerplatzt. Er stieg aus, setzte sich eine Mütze auf und ging langsam auf die Mädchen zu, die aber keine Notiz von ihm nahmen.

Ja, das war Laura. Sie sah genauso aus wie auf den Bildern: groß, schlank und die dichten blonden Haare, in denen jetzt der Wind spielte. Sie trug Ohrstöpsel und hörte vermutlich Musik, weil sie leicht hin und her tanzte. Vielleicht war es aber auch die Kälte, die ihr die Bewegung abverlangte. Das andere Mädchen war vermutlich eine Freundin.

Wolfgang trat näher und sagte: »Kennt ihr euch hier mit den Buslinien aus?«

Laura sah ihn aus ihren blauen Augen kurz an: »Keine Ahnung, hier fährt nur der letzte Schulbus.«

Als ihre Blicke sich trafen, spürte Wolfgang ein unheimliches Verlangen. Wie gern wäre er auf sie zugegangen, hätte sie in den Arm genommen und gesagt: »Hi, ich bin Thomas!« Aber das konnte und durfte er nicht. Sein Herz raste wie wild. Was sollte er nun sagen oder tun? Da war noch dieses andere Mädchen, das direkt daneben stand. Laura drehte sich wieder um und wippte weiter im Takt der Musik aus ihrem MP3-Player.

Ja, das war nun die Begegnung, auf die er so lange gewartet hatte. Wolfgang trat ein paar Schritte zurück, wandte sich um und ging wie in Trance zu seinem Auto. Der eisige Wind schlug ihm wie Ohrfeigen ins Gesicht. Die Schneeflocken tanzten um ihn herum, und er fühlte sich plötzlich einsam und unendlich leer.

Wolfgang stieg ins Auto. Er war niedergeschlagen und enttäuscht. Sollten der ganze Weg und das Warten umsonst gewesen sein? Unschlüssig starrte er durch die Windschutzscheibe auf die beiden Mädchen, die sich immer noch unter den Fahrradständern vor dem Schneetreiben schützten. Er schaltete die Zündung ein, um den Scheibenwischer zu betätigen.

In diesem Augenblick bog der Schulbus um die Ecke und Laura lief hastig auf das Haltestellenschild zu. Wolfgang hatte auf der anderen Straßenseite geparkt, und der ankommende Bus verdeckte ihm nun die weitere Sicht. Das zweite Mädchen ging in die andere Richtung davon.

16

Dieser Mittwoch war, wie jeder Mittwoch, immer ein elend langer Schultag. Vormittags die Lernfächer Deutsch, Mathe und Englisch und am Nachmittag Ethik und Kunst. Laura war an diesem Mittwoch müde. Sie fühlte sich abgespannt und lustlos. Gut, dass heute keine Schulaufgabe anstand oder eine Ex drohte, sonst hätte sie krankgemacht.

»Was ist denn?«, fragte Jessica, »du hängst rum wie die Kerle nach acht Maß im Bierzelt.«

So fühl ich mich auch, dachte Laura, sagte aber: »Ich glaub, ich krieg eine Grippe.«

»Ich kann dich bis zur Haltestelle begleiten, wenn du willst. Hab heute noch Ballett und eine halbe Stunde Zeit. Ich muss eh warten.«

»Ok«, sagte Laura. So musste sie die dreißig Minuten nicht allein an der Bushaltestelle warten. Mit Jessica war sie sonst nie zusammen. Sie hatte andere Interessen und wohnte auch in der entgegengesetzten Richtung von ihr. Aber heute nahm Laura das Angebot gerne an.

Als sie das Schulgebäude verließen, pfiff ihnen schon ein eiskalter Wind entgegen und Schneeflocken wirbelten durch die Luft. Die beiden Mädchen stellten sich unter das Dach der Fahrradständer mit Blick zur Haltestelle. Weil sie sich wenig zu erzählen hatten, steckte Laura die Ohrstöpsel ein und hörte Rammstein.

Jessica plauderte unterdessen munter über ihre Ballettstunden, und dass sie heute wohl erstmalig mit einem Partner üben würde. Laura interessierte das wenig, sie nickte nur hin und wieder und konzentrierte sich mehr auf ihre Musik.

Ein älterer Mann kam die leere Straße herunter, direkt auf sie zu und fragte seltsamerweise nach den Buslinien. Komisch, dachte Laura.

Der Blick des Mannes war intensiv und eindringlich. Sie

antwortete kurz, aber höflich, um sich gleich wieder abzuwenden. Aber der Mann blieb einen Augenblick stehen, so als wolle er noch etwas sagen, drehte sich dann aber um und ging langsam weiter.

»Was war das denn?« Laura schaute zu Jessica rüber.

»Keine Ahnung«, sagte sie, »was soll denn gewesen sein?«

Laura fühlte sich von den Blicken des Mannes seltsam berührt. Er hatte sie so ungewöhnlich lange von oben bis unten angeschaut, fast mit seinen Blicken ausgezogen. Laura fröstelte. Jetzt war sie froh, dass sie nicht allein hier stand. Wer weiß, was der Typ vorhatte. Aber Jessica plauderte weiter über ihr Ballett und was sie nachher Tolles machen werde.

Der Bus kam. Laura winkte Jessica zu: »Danke, dass du mit mir gewartet hast. Bis morgen. Tschau!« Als sie in den Bus stieg, war sie froh, denn die Wärme tat gut. Sie setzte sich hinter den Fahrer, denn mittwochs ist sie bei dieser letzten Tour meist der einzige Fahrgast. Während der Fahrt konzentrierte sich der Fahrer, den Laura kaum kannte, auf die dunkle Landstraße. Weil sie nicht reden wollte, schloss sie die Augen und lehnte den Kopf an die Fensterscheibe. Nach gut zwanzig Minuten hielt der Bus, Laura nickte dem Fahrer müde zu und stieg aus.

17

»Hinterher fahren«, schoss es Wolfgang spontan durch den Kopf, »so kann ich wenigstens sehen, wo der Bus hinfährt und wo sie wohnt.«

Schnell wendete er und folgte dem Kleinbus. Das Schneetreiben hatte aufgehört. Als sie die letzten Häuser von Ansbach hinter sich gelassen hatten und auf der öden Landstraße dahin zuckelten, versuchte Wolfgang auf Abstand zu bleiben, damit der Fahrer nicht merkte, dass er verfolgt wurde. Einfach dranbleiben, dachte er, mal sehen, wo sie wohnt. Sie hatte soviel über den Bauernhof und das scheußliche Dorf erzählt. Nun würde er es mit eigenen Augen sehen. In seinem Kopf begannen erneut wirre Gedanken zu spuken. Er versuchte sie wegzuwischen und konzentrierte sich auf die Straße.

Die Landschaft wurde immer eintöniger. Manchmal sah er ein paar Häuser, aber vorwiegend schneebedeckte Felder und weißgefrorene Wiesen. Gott sei Dank hatte es aufgehört zu schneien, aber die plötzlich eintretende Dunkelheit machte alles unkenntlich. Ein kräftiger Wind drückte von der Seite gegen sein Fahrzeug, sodass Wolfgang das Steuer fester in die Hand nehmen musste, um nicht von der Landstraße abzukommen.

»Hier eine Wagenpanne«, dachte er schaudernd, »das wär's dann noch.«

Seit sie Ansbach verlassen hatten, waren sie zwanzig Minuten gefahren. Im Schatten der Finsternis tauchten plötzlich schemenhaft Häuser auf und der Kleinbus stoppte. Wolfgang musste abrupt bremsen. Das Mädchen sprang heraus, lief schnell auf eines der Gebäude zu und war dann wie vom Erdboden verschluckt.

Als der Bus sich wieder in Bewegung setzte, blieb Wolfgang noch einen Augenblick stehen. Er war so überrascht worden, dass er gar nicht gesehen hatte, wohin Laura verschwunden war. Sie konnte nur in diesen alten, nicht gerade einladend wirkenden Bauernhof gelaufen sein. Wolfgang fuhr ein Stück weiter und parkte am Rande der Straße. Alles war ruhig. Eine beklemmende Stille lag über dem Dorf. Zwei Straßenlaternen schaukelten im Wind und warfen ein spärliches Licht auf die ganze Szene. Wolfgang stieg aus und zog seinen Mantel fester zu.

Hier also wohnte sie. In diesem Kaff. Es war wirklich so, wie sie es immer beschrieben hatte. Das Ende der Welt war von hier aus sicher nicht mehr weit. Dies war kein Ort für ein junges und aktives Mädchen. Wolfgang hätte sie am liebsten in sein Auto gepackt und mitgenommen.

Aber nun stand er da. Im dunklen, kalten Dorf Wiesenbach. Kein Mensch war zu sehen. Die wenigen, die hier wohnten, saßen vermutlich in ihren warmen Stuben. So konnte auch niemand kommen und fragen, warum er sich hier herumtreibe. Er sah auf die Uhr. Es war kurz nach siebzehn Uhr und schon so finster wie auf der anderen Seite des Mondes.

Wolfgang schloss sein Auto ab und ging langsam auf das Haus zu, in dem Laura verschwunden war. Was sie jetzt wohl machte? In welchem Zimmer sie wohl war? Sie hatte immer geschrieben, dass sie eine alte Holztreppe hochsteigen muss. Also konnte sie nur oben irgendwo sein. Aber alle Fenster im Obergeschoss waren dunkel.

Wolfgang schlug den Mantelkragen höher und zog sich die dunkle Wollmütze tiefer ins Gesicht. Der eisige Wind war stärker geworden. Wie lange wollte er hier noch stehen. Es hatte ja doch keinen Sinn. Eine schwarz-weiße Katze strich ihm maunzend um die Beine. »Na du«, sagte er leise, bückte sich und fuhr mit der Hand über das struppige Fell.

In diesem Augenblick wurde die Haustür aufgerissen und eine Mädchenstimme rief: »Minki, wo bist du?«

Wolfgang fuhr erschreckt zusammen und blieb wie erstarrt stehen. Er erkannte Lauras Stimme.

»Komm rein, es ist doch viel zu kalt!«, rief die Stimme.

Wolfgang rührte sich nicht und wagte kaum zu atmen. Das Kätzchen drehte sich um und schlich langsam auf das Haus zu.

»Da bist du ja, du Streuner, komm rein!« Lauras Stimme klang warm und einladend.

Wie gerne wäre Wolfgang der Einladung gefolgt. Dann schlug die Tür zu. Er atmete durch. Sie hatte ihn in der Dunkelheit sicher nicht sehen können. Aber, dachte er, was wäre gewesen, wenn? Was hätte ich gesagt oder getan? Die Kälte kroch langsam an ihm hoch. Er schlug die Arme um sich und stampfte mit den Füßen auf den Boden. Langsam drehte er sich um und ging zum Auto zurück. Dabei blickte er noch einmal auf das alte Haus und sah plötzlich im oberen Stockwerk ein Licht angehen. Wie elektrisiert blieb er stehen und schaute zu dem erleuchteten Fenster hinauf.

18

Als Laura die alte Haustür öffnete, saß ihre Mutter in der Küche. Sie schien auffällig gut gelaunt zu sein, denn sie fragte gleich, ob Laura auch einen Tee haben möchte. Das war ungewöhnlich. Irgendetwas schien in der Luft zu liegen. Sie platzte auch gleich mit der Neuigkeit raus: »Dein Vater hat angerufen. Er will sich um eine Wohnung für uns beide kümmern. Wie findest du das?« Laura kannte ihre Mutter. Heute war einer ihrer seltenen guten Tage. Aber das ging so schnell vorbei, wie es gekommen war. Deshalb wollte Laura dem keine so große Bedeutung beimessen. Dennoch genoss sie es, mit ihrer Mutter einmal in Ruhe zusammenzusitzen und einen Tee zu trinken, während draußen der Wind an den alten Läden rüttelte.

»Wo ist eigentlich Minki?«, wollte Laura wissen, »die arme Katze ist sicher irgendwo draußen in der Kälte. Ich ruf' sie mal.« Laura stand langsam auf und stützte sich auf dem Tisch ab.

Ihre Mutter blickte besorgt hoch: »Kind, gehts dir nicht gut? Du siehst aus, als wenn du dir eine Grippe eingefangen hättest.«

Laura freute sich sehr, dass ihre Mutter einmal etwas an ihr bemerkte und sich sogar Gedanken machte. Deshalb legte sie ihre Hand auf Mutters Schulter und sagte: »Ja, leider. Ich geh gleich nach oben und leg mich ins Bett. Mir ist eh so kalt.«

Doch zuerst öffnete sie die Haustür und rief nach der Katze, die auch sogleich angeschlichen kam.

Stand da nicht jemand am Hoftor? Laura sah einen mannshohen Schatten, der sich aber nicht bewegte. »Jetzt seh' ich schon Gespenster«, murmelte sie und schloss schnell wieder die Tür. »Komm, Minki, wir gehen nach oben. Heute darfst du mich wärmen.«

Laura nahm das Kätzchen auf den Arm. »Ich geh nach oben«, rief sie ihrer Mutter zu, die sie besorgt ansah. Selten gab es Momente, in denen ihre Mutter Anteil an ihrem Befinden nahm.

Laura wollte so lange wie möglich diesen Augenblick festhalten.

»Soll ich dir einen heißen Tee rauf bringen?«

»Ja, das wäre lieb. Wenn es dir nicht zu viel Arbeit macht«, schob Laura vorsichtig nach.

»Geh nach oben, ich bring ihn dir aufs Zimmer.«

Laura schluckte. Fast wären ihr die Tränen gekommen. Langsam ging sie die knarrende Holztreppe hoch. Puh, wie kalt es überall war. Sie betrat ihr Zimmer. Behutsam setzte sie das alte Tierchen auf ihr Bett. »Mach mir's schon mal warm«, sagte sie, nahm eine Wolldecke und schlug sie um ihre Schultern. »Am besten, ich geh mit allen Klamotten ins Bett, sonst wird mir sowieso nicht warm«, brummte Laura und legte sich hin.

19

Wolfgang sah zu dem Fenster hoch, aus dem der Lichtschein auf die Straße fiel. An dem alten Haus waren nur Fensterläden, die sich vermutlich nicht mehr zuklappen ließen. Vorhänge gab es auch nicht, aber es gab auch kein Gebäude gegenüber, aus dem man einen Blick in die Zimmer hätte werfen können.

Wolfgang trat ein paar Schritte zurück, um besser nach oben sehen zu können. Mit einem Mal fühlte er den eisigen Wind nicht mehr, der nun noch heftiger blies. Wie gebannt schaute er nach oben in das erleuchtete Fenster. Er konnte sich sicher sein, dass kein Mensch ihn auf dieser leeren Straße bemerkte und nach seinem Tun fragte.

Sein Herz begann wieder zu rasen, so wie es immer verrückt spielte, wenn er sich in Lauras Nähe fühlte. Schade, dass er kein Fernglas im Auto hatte. So musste er sich eine Position suchen, von der er gut in das erleuchtete Zimmer sehen konnte.

Plötzlich sah er Laura. Sie stand mitten im Raum. Im Arm trug sie die Katze, die sie wohl nach oben mitgenommen hatte und sprach zu ihr. Wolfgang trat einen weiteren Schritt zurück, um einen noch besseren Blickwinkel zu haben. Laura setzte die Katze auf das Bett und legte sich eine Decke um die Schulter. Vermutlich war es recht kalt in diesem Zimmer.

Dann tauchte sie plötzlich ab, denn Wolfgang sah nur noch den Schrank, vor dem sie gerade noch gestanden hatte. Vielleicht hatte sie sich gesetzt oder aufs Bett gelegt.

Wolfgangs Puls raste. Er war wieder einmal sehr erregt. Jetzt konnte er sie sogar in ihrem Zimmer beobachten. Vielleicht würde er sie jetzt sogar so sehen, wie er es sich immer vorgestellt und gewünscht hatte … Wie gebannt starrte er hinauf.

Wolfgang war so in seinen unwirklichen Träumen versunken, dass er gar nicht hörte, wie plötzlich ein Auto heranbrauste und er im vollen Scheinwerferlicht stand, als das Auto parkte. Erschreckt und in großer Verlegenheit drehte er sich um.

Das Auto hielt und ein Mann stieg aus.

»Grüß Gott! Kann ich Ihnen helfen?«

»Nein, passt schon«, entgegnete Wolfgang überrascht und hilflos, wobei er schnell in die Richtung seines geparkten Autos ging. Vermutlich war dieser Mann der Freund der Mutter, denn er ging direkt in den Hof hinein und schloss die Tür auf.

»Auch das noch«, fluchte Wolfgang leise, »wo ich so nah dran war.« Beinahe hätte er Laura heimlich in ihrem Zimmer beobachten können.

Ein jähes Erwachen holte ihn wieder einmal aus seinen abstrusen Träumen in die eiskalte Wirklichkeit zurück. Er stieg ins Auto ein und startete den Motor.

Wieder packte ihn ein gewaltiges Gefühl der Enttäuschung, und er spürte immer mehr, dass er sich die ganze Zeit etwas vorgemacht und eingeredet hatte.

Aber nun wusste er wenigstens, wo sie wohnte, hatte sie gesehen und auch kurz mit ihr gesprochen. Ihm wurde immer klarer, dass mehr nicht sein konnte. Vielleicht würde er ein anderes Mal wieder hierher fahren und ein Fernglas mitnehmen, um Laura abends in ihrem Zimmer besser beobachten zu können.

Er lenkte sein Auto bis zur nächsten Autobahnauffahrt und nahm auf der A6 den schnellsten Weg nach Hause. Es hatte wieder angefangen zu schneien und die Flocken wirbelten um sein Auto herum.

Auf alle Fälle wollte er weiter mit ihr im Internet und über das Handy in Kontakt bleiben, mit dem lebendigen Bild einer kurzen Begegnung an einem eisigen Januartag in seinem Herzen.

20

»Gehst du auch zur Mittelstufenparty?«, erkundigte sich Caro, »das ist der Freitag vor den Faschingsferien, an dem es Zeugnisse gibt. Du kannst nach der Schule mit zu mir kommen. Übernachtung geht auch klar. Ich hoffe, du hast Lust und deine Mutter hat nichts dagegen.«

Im Grunde war Laura ein Party- und Faschingsmuffel. Sie machte sich nicht besonders viel aus Fasching. Aber andererseits war es eine willkommene Abwechslung in ihrem sonst so tristen Dasein.

»Komm schon«, drängelte Caro, die als Mitglied der Schüler-Mit-Verwaltung als Betriebsnudel bekannt war.

»Ok, danke«, seufzte Laura, »ich werde meine Mutter fragen. Sie wird sowieso froh sein, wenn ich mal nicht zu Hause bin. Dann muss ich ihr auch nicht gleich das Zeugnis unter die Nase halten.«

»Kannst ja deinen Tommy mitbringen«, grinste Caro augenzwinkernd.

»Haha«, machte Laura, »sehr witzig!« Doch im Stillen dachte sie: Oh Mann, das wär natürlich saustark!

»Du, weißt du, wer auch kommt?«, frohlockte Caro geheimnisvoll und stieß Laura in die Seite, »der Basti aus der Zehnten. Und ich hab gehört, dass der wieder solo ist.«

»Dieser gut aussehende heiße Typ, auf den alle abfahren?«, entfuhr es Laura unwillkürlich. Dann wurde sie wieder sachlich: »Ja und? Was hat das mit mir zu tun?«

»Och, eigentlich nichts. Aber du suchst doch. Dein Tommy in Köln ist weit weg oder vielleicht nur ein Internet-Fake.«

Laura wollte etwas entgegnen, schluckte es aber runter. Caro konnte manchmal recht zickig sein, und dann saßen solche Sprüche bei ihr ganz locker. Aber Laura hatte keine Lust auf ein Streitgespräch. Ihr gesamter Immunhaushalt fuhr seit ein paar Tagen auf Sparflamme. Am Mittwochabend hatte sie sogar mit leichtem Fieber im Bett gelegen. Ist ja auch kein Wunder, wenn man abends eine halbe Stunde an der Bushaltestelle in der Kälte steht. Sie musste aufpassen, nicht krank zu werden. Vierzehn Tage vor den Halbjahreszeugnissen brauchte sie für zwei Schulaufgaben und vermutlich eine Stegreifaufgabe alle Kräfte und wollte es sich mit ihrer Freundin nicht verscherzen.

21

Am Donnerstagabend suchte Laura in ihrem Schrank nach etwas Partytauglichem. Es sollte einerseits nicht allzu auffällig sein, andererseits aber dennoch die Blicke der Jungs anziehen. Also entschied sie sich für eine enganliegende, dunkelblaue Jeans und ein einfaches hellgrünes, figurbetontes Top mit Rundhalsausschnitt, welches ihre Figur und ihre blauen Augen gut zur Geltung brachte.

Ihre Mutter hatte erwartungsgemäß nichts gegen ihren Übernachtungswunsch.

Laura steckte zusätzlich noch Lipgloss und Schminke in die Schultasche.

Frau Berger, Caros Mutter, begrüßte Laura am Freitagmittag sehr freundlich, fragte, wie es ihr gehe, und erkundigte sich auch nach ihrer Mutter.

»Ja, danke, es geht gut«, schwindelte Laura höflich. Sie hatte keine Lust auf einen beschönigenden Small-Talk und war froh, als Caro sie mit in ihr Zimmer zog.

»Ich muss dir unbedingt zeigen, was ich heut Abend anziehe«, tuschelte Caro und holte ein schwarzes Minikleid mit Paillettenbesatz aus ihrem Schrank. »Was meinst du, wie David darauf abhebt, hihi?«

Laura fand das Kleid mehr als gewagt, behielt das aber lieber für sich. »Ja, ok«, sagte sie mehr sachlich als begeistert.

»Ihr könnt essen kommen«, rief Frau Berger. »Es gibt Spaghetti, die magst du doch sicher auch«, wandte sie sich an Laura, als die beiden Mädchen die Küche betraten.

»Oh ja, gern«, war Lauras Antwort.

Nachmittags musste Caro als SMV-Mitglied zum Vorbereiten der Aula in die Schule. Die sechsten und siebten Klassen hatten in ihrem Werkunterricht die Dekoration hergestellt, und die Projektgruppe Fasching sollte nun die Raumgestaltung übernehmen. Notgedrungen ging Laura mit und hockte sich unbeteiligt auf die hintere Fensterbank der Aula, die mehr ein großer Eingangsbereich als Festsaal war. Während sie aus sicherer Entfernung Caros Geschäftigkeit gelangweilt beobachtete, betrat Herr Lehner, der ihr damals für drei Tage in übelster Weise das Handy konfisziert hatte, die Aula, grinste dreist zu ihr herüber und spöttelte: »Na, vom Rumsitzen wird der Raum auch nicht schöner.«

Laura schnaufte tief durch, doch bevor sie sich zu einer unbedachten Äußerung hinreißen ließ, tat sie, als hätte sie die Bemerkung nicht gehört und blickte stur geradeaus. Deshalb sah sie auch nicht, dass hinter Herrn Lehner ein Junge ebenfalls die Aula betrat und sich neben sie auf die Fensterbank gesetzt hatte.

»Schaut ja nicht übel aus«, hörte Laura ihn wie durch eine Glasglocke sagen und nickte beifällig. »In welche Klasse gehst du?«, fragte die Stimme.

Laura drehte den Kopf nach links, um den Frager in Augenschein zu nehmen. »Äääh? Klasse? Ich?« Laura musste sich gewaltig zusammenreißen. Neben ihr saß kein Geringerer als Basti aus der Zehnten. Und aus der Nähe sah er noch besser aus als von Weitem. Und dieser Schmelz in der Stimme! Laura dachte einen Augenblick, es würde sich jetzt der Boden auftun und sie müsse darin versinken.

»Huhu, sprichst wohl nicht mit jedem?«

»Ja, doch, klar, ähhh, sorry«, brachte Laura hervor, »bin in der Achten.«

»In der Achten? Ok. Das ist doch die Klasse, in die auch die Sina geht?«

Die Sina, schoss es Laura durch den Kopf. Klar, die Jahrgangstussi mit den rot gefärbten Haaren, die an jedem Jungen rumbaggert, der auch nur einigermaßen aussieht. Auf die hatte dieser Basti es also abgesehen. Und sie, Laura, sollte wohl die Vermittlerin spielen. Nein danke!

»Ja, die gibt es auch bei uns«, sagte Laura kühl und blickte wieder gleichgültig geradeaus.

»Ich bin übrigens Sebastian aus der Zehnten. Und wie heißt du?«

Laura glaubte für einen Moment, nicht richtig gehört zu haben. Dieser Traumtyp und Schwarm aller Mädchen interessierte sich für ihren Namen!

»Laura«, sagte sie, schaute hoch und versuchte seinem Blick standzuhalten. Wow, sah der gut aus. Diese dunklen Augen, das schmale Gesicht, die leichte Bräune seiner Haut, die schwarzen, leicht gewellten Haare, die weißen, makellosen Zähne, umrahmt von einem Mund, der nicht nur zum Küssen einlud, sondern in diesem Moment sagte: »Du kommst doch sicher auch heute Abend?«

»Jaaaa, klaaaar!«, hätte Laura am liebsten laut geschrien. Aber sie besann sich, versuchte sich weiter in Gelassenheit zu üben und stammelte: »Ja, ich denk' schon. Ich helfe meiner Freundin. Die ist in der SMV und macht gerade dahinten die Deko fertig.«

»Super. Dann sehen wir uns sicher später«, sagte Basti und Laura hatte das Gefühl, dass der Titel des neuen Rammstein-Albums wohl doch stimmen musste: *Liebe ist für alle da.*

»Also bis dann!« Basti sprang sportlich elegant von der Fensterbank, hob noch einmal kurz ein paar Finger zum Gruß und ließ eine völlig glücklich verstörte Laura zurück.

22

Laura hatte lange, sehr lange auf einen solchen Augenblick gewartet. Sie war immerhin schon Fünfzehn. Alle Mädchen in ihrem Alter prahlten mit ihren Erfahrungen und erzählten mit Coolness über ihre ersten sexuellen Erlebnisse. Nur an Laura war dies alles bislang spurlos vorübergegangen. Ihre Chatbekanntschaften waren, wie Caro immer witzelte, doch nur Fakes, die sie nicht in den Arm nahmen. Und wenn sie so darüber nachdachte, konnte sie sich nicht wirklich sicher sein, ob dieser Tommy aus Köln überhaupt echt war. Aber was brachte eine Chatfreundschaft auf Dauer? Sie wollte hier einen Freund haben. So wie Caro. Einen zum Anfassen. Einen, der sie liebt und den sie lieben durfte.

Aber würde ein Junge auch sie einmal anschauen? Sie überhaupt bemerken, geschweige denn in den Arm nehmen und küssen? Vielleicht heute? Ihre ganzen Hoffnungen an diesem Abend ruhten auf Basti. Himmel, war Laura aufgeregt. Dennoch glaubte sie, jede Sekunde würde ihr Wecker schellen und der schöne Traum platzen wie eine bunte Seifenblase.

»Hallo Laura, in welchem Film bist du denn gerade?« Caro war mit ihrer Deko fertig und stand händchenhaltend mit David vor ihr. »Na, alles klar?«

»Ich denk schon«, war Lauras Antwort, und ein besonderer Ton schwang in ihrer Stimme mit, den Caro so noch nie gehört hatte. »Ist wirklich alles klar?«, fragte sie etwas besorgt.

»Jaja, alles gut«, lächelte Laura.

Caro grinste David an, der allerdings nicht verstand, um welche Mädchengeheimnisse es sich hier handelte.

Doch zunächst hieß es für Laura geduldig sein. Bis zum Beginn der Party dauerte es noch zwei Stunden. Jetzt hieß es warten, ohne Nervosität zu zeigen. Würde er überhaupt kommen, sie wieder wahrnehmen, sie ansprechen? In solchen Situationen können zwei Stunden zu einer Ewigkeit werden.

Endlich. Basti erschien. Er ging sicher, langsam, lächelnd, wohl wissend, dass alle schmachtenden Blicke der Mädchen auf ihn gerichtet waren. Er blieb stehen und schaute sich suchend um. Sofort kam die Jahrgangstussi Sina angetänzelt. Ihre Bewegungen schienen schon zu verraten, was sie wollte.

Laura stockte der Atem. Während sie das Gesicht nach vorne wandte, starrten ihre Augen krampfhaft zur Seite, um nichts zu verpassen. Basti lächelte freundlich, sagte etwas, klopfte Sina auf die nackte Schulter und ging weiter. Laura erwachte erst aus ihrer Verkrampfung, als Basti vor ihr stand.

»Hallo, schön, dass du da bist. Hast du Lust auf eine Cola? Ich lad dich ein.«

Laura fühlte seinen festen, warmen Händedruck und spürte, wie er sie einfach mitzog, als wäre sie schwerelos, vorbei an neidvollen Blicken. Dann sah sie Caro. Auch sie stand da, schaute ungläubig und hätte fast ihren David vergessen.

»Denk an deinen Tommy«, entfuhr es Caro wie aus heiterem Himmel.

»Du hast einen Freund?« Basti blieb verwundert stehen und seine dunklen Augen sahen sie prüfend an.

»Nein, das ist nur eine Chatbekanntschaft aus Köln«, beruhigte Laura, »wir schreiben manchmal und kennen uns nicht persönlich.«

Laura streckte hinter Bastis Rücken den Mittelfinger Richtung Caro. Musste das jetzt sein? Beste Freundin, naja, irgendwann würde sie es ihr heimzahlen.

Basti nickte verständnisvoll: »Chatten tun wir doch alle, da ist ja nichts dabei. Ich kenne auch viele Mädchen im Chat. Die sind doch alle unwirklich. Komm, lass uns tanzen!«

Und Laura versank in einen Traum, der Wirklichkeit zu werden schien …

23

Seit diesem eiskalten Januartag hatte Wolfgang keinen Kontakt mehr zu Laura bekommen. Sie war weder im Chat, noch ging sie an ihr Handy. Mittlerweile waren drei Wochen vergangen. Wolfgang machte sich ernsthafte Gedanken, ob sie wohl doch etwas gemerkt haben könnte.

Endlich, nach einer Woche, erschien Laura wieder im Chat und entschuldigte sich, dass sie nicht geantwortet hatte. Auf ihrem Handy hätte sie kein Guthaben mehr gehabt, und außerdem wäre sie sehr beschäftigt. Überschwänglich schrieb sie, dass sie bei der Mittelstufenparty einen netten Jungen kennengelernt und sich sofort in ihn verliebt habe. »Der ist in der Zehnten und so süß, das kannst du dir nicht vorstellen. Wahnsinn! Ich bin der glücklichste Mensch der Welt!«

Wolfgang las es mit einem dicken Kloß im Hals. Er konnte die Freude über das Gelesene nicht teilen. Nun wusste er, dass er Laura verloren hatte.

»Ok«, schrieb er, »dann wünsche ich dir alles Gute!«

»Wir bleiben doch Freunde, oder?«

»Ich weiß nicht«, kam Wolfgangs enttäuschte Antwort.

»Schreiben wir jetzt nie mehr?«, fragte Laura.

»Vielleicht«, kam es zurück. Aber Wolfgangs Gedanken beschäftigten sich schon damit, nach einem neuen Mädchen Ausschau zu halten. Im Chat bot sich ja genug Auswahl. Er musste nur wieder geschickt ein neues Fangnetz auslegen.

24

»Mama, was gibt's zum Essen?« Susan ließ die Haustür laut ins Schloss fallen.

»He, nicht so laut, Kleine, du nervst, kaum dass du zur Tür reinkommst! Mutter ist nicht da. Du sollst dir ein Brot machen!«

Susan und ihr Bruder Michael standen meist auf Kriegsfuß.

»Ach Menno«, brummte Susan, »hab eh keinen Hunger«, warf ihren Rucksack in den Flur, trampelte wütend die Treppe hinauf und machte lautstark ihre Zimmertür zu. Heute war nicht ihr Tag. Zuerst nervte Frau Berthold mit der Englischprobe, dann hatten sie die Jungs beim Volleyball in der Turnhalle extra voll angerempelt, und nun gab es auch noch kein Mittagessen.

Susan hieß eigentlich Susanne. Den Namen fand sie aber altmodisch, weshalb sie sich Susan nannte. Das fand sie einfach cooler. Mittlerweile sagten alle Susan, bis auf ihre Eltern, die betont hartnäckig immer noch Susanne sagten.

Susan warf sich auf ihr Bett und drückte auf die Taste des CD-Players. Das Einzige, was sie jetzt brauchte, war *Bullet for my valentine*. Die ersten Bässe wummerten in ihren Kopf, da flog die Tür auf und Michl erschien im Türrahmen: »Nun, was ist mit dem Brot. Ich soll nämlich die Küche aufräumen, sonst machst du das!«

»Raus!«, schrie Susan. »Lass mich einfach in Ruhe!«

In diesem Moment kam die Mutter unten zur Haustür rein: »Was ist denn jetzt schon wieder los? Kann ich nicht mal einen Moment aus dem Haus gehen, ohne dass es zwischen euch kracht? Das ist wirklich schlimm mit euch beiden!«

Frau Klaasen, die ansonsten ruhig und ausgeglichen war, reagierte auf die ständigen Streitereien ihrer beiden Jüngsten etwas gereizt: »Und mach diese furchtbare Musik leiser, Susanne. Das kann ja kein vernünftiger Mensch ertragen!«

Mutter Klaasen kam gerade von der Sparkasse, wo sie ein unangenehmes Finanzierungsgespräch geführt hatte. Die siebenköpfige Familie besaß seit einigen Jahren ein Haus. Aber nun gab es Probleme mit der Ratenzahlung. Aufgelaufene Zinsen mussten beglichen werden. Und Klaasens konnten nicht einfach fünftausend Euro auf den Tisch legen. Vater Klaasen war ein selbstständiger Computerfachmann, und die Zahlungsmoral der meisten Kunden war nicht gerade hoch, sodass sie am Monatsende oft recht knapp mit dem Geld waren. Frau Klaasen arbeitete stundenweise in einer Bäckerei und trug somit finanziell zum Lebensunterhalt bei.

»Kinder, muss das denn immer sein? Müsst ihr immer streiten?«

»Die Kleine soll mal was essen, sonst kann ich die Küche nicht aufräumen«, raunzte Michl.

»Du hast noch nichts gegessen, Susanne?«, fragte Frau Klaasen mütterlich, kam näher und wollte ihrer Tochter, die langsam die Treppe wieder heruntergekommen war, übers Haar streichen. Susan duckte sich blitzschnell, sodass Mutters Hand ins Leere griff.

»Was ist denn?«, wollte Frau Klaasen wissen. »Gab's Ärger in der Schule?«

»Hab keinen Hunger«, brummte Susan und drehte sich um. Sie hatte keine Lust irgendetwas zu erzählen, zumal ihr Bruder immer noch horchend im Flur herumstand.

Susan ging langsam wieder hoch in ihr Zimmer, schloss die Tür und drehte den CD-Player etwas leiser. Hier war der einzige Raum, in den sie sich einigermaßen ungestört zurückziehen konnte. Die Regel in der Familie lautet nämlich, dass jeder bei dem anderen anklopfen muss. Bis auf Michl hielten sich auch alle dran. Naja, Michl war sowieso ein Fall für sich. Am besten gingen sie sich aus dem Weg, was auch meistens gelang. Mit den anderen Geschwistern verstand sich Susan in der Regel gut. Da war ihr ältester Bruder, der mit einundzwanzig die Jüngste kaum beachtete, dann kam ihre neunzehnjährige Schwester, mit der sie sich am besten verstand. Auch mit dem siebzehnjährigen Andreas kam es zu wenigen Streitereien. Nur mit dem fünfzehnjährigen Michl stieß sie wegen der kleinsten Kleinigkeit zusammen. So wie jetzt wieder. Sie selber war leider erst dreizehneinhalb.

Susan warf sich aufs Bett, drehte den CD-Player erneut einen Strich höher und wollte sich weiter volldröhnen lassen. Zu viele Gedanken drehten sich in ihrem Kopf. Schon wieder hatte sie vermutlich die Englischarbeit versaut. Außerdem gab es eine kleine Meinungsverschiedenheit mit ihrer besten Freundin Jenny. Sie hatte schon wieder einen neuen Freund. Alle Nase lang kam sie mit einem anderen daher. Jetzt sogar mit einem Jungen aus der Neunten. Naja, Jenny sah gut aus. Zwischen den langen hellblonden Haaren, die bis über die Schultern fielen, lachte ein attraktives Gesicht. Sie war schlank und hatte all das, worauf die Jungs so stehen. Dabei war sie sogar ein halbes Jahr jünger.

Susan fand sich selbst nicht attraktiv genug. Dabei hatte sie hübsche dunkle Augen, war 1,68 m groß, schlank, hatte mittellanges dunkelbraunes Haar und trug einen Mittelscheitel.

Aber sie selbst war nicht zufrieden mit sich und ihrem Aussehen. Warum hatte Jenny immer Chancen bei den Jungs? Was machte sie, Susan Klaasen, falsch?

Sie schloss die Augen und *turn to despair* hämmerte weiter in ihre Ohren.

Ja natürlich, sie war auch wählerisch. Nicht jeder Junge, der daher kam, entsprach ihrem Ideal. Außerdem waren die Jungs in ihrer Klasse ziemlich unterentwickelt und verstanden so viel von Liebe wie eine Schildkröte vom Fliegen. Für sie war Liebe etwas Besonderes, etwas Schönes. Genau beschreiben konnte sie es allerdings nicht, aber sie träumte davon. Es gab schon einige, die ihr gefallen würden, aber wenn die dann den Mund aufmachten, kam meist nur Gülle heraus.

Sie sah auf die Uhr. Gleich halb vier. Da hatte sie noch etwas Zeit. Mathe und Deutsch mussten noch gemacht werden. In Deutsch war sie einigermaßen gut. Sie musste ein Referat mit einem selbst gewählten Thema als Vortrag mit PowerPoint erarbeiten. Mathe war allerdings nicht ihr Fall. Hier stand sie auf einer glatten Vier. Wen interessierten gleichseitige Dreiecke?

Hm, dachte Susan, Mathe mache ich nach dem Abendbrot. Da war noch genug Zeit. Wenn ihr Vater heimkam, kehrte meist Ruhe im Haus ein. Dann stürzte auch Michl nicht einfach in ihr Zimmer und pöbelte rum.

Für Deutsch konnte sie ja schon mal ins Internet gucken. Vielleicht fand sie bei Wikipedia als Info-Quelle etwas über PowerPoint-Gestaltung. »Ok, dann schau ich mal«, murmelte sie.

Susan drehte die Musik leiser und ging zum Schreibtisch. Ihr Vater, der einen Computer-Reparatur-Service betrieb, hatte ihr vor einem halben Jahr einen ausrangierten Laptop geschenkt. Der war zwar nicht der Neueste, aber so hatte sie wenigstens einen eigenen in ihrem Zimmer.

Mittlerweile besaßen ihre Geschwister alle einen Laptop. So konnte es darüber keinen Streit geben.

Julia hatte ihr im Bus noch schnell einen Brief zugesteckt. Den holte sie aus der Jackentasche, obwohl sie schon wusste, von wem der war und was darin stand.

An der Schrift erkannte sie Florian. Florian Deisler aus der 6d. Ein Junge aus der Nachbarschaft, der unbedingt mit ihr gehen wollte. Sie hatte den Brief schon ungelesen in den Papierkorb unter ihrem Schreibtisch werfen wollen, da packte sie doch die Neugier. Etwas unbeholfen fragte der Zwölfjährige an, ob sie sich mal treffen könnten. Pah! Mit einem Zwölfjährigen treffen! Das war nun wirklich nicht ihr Ding. Auch wenn sie früher oft mal zusammen etwas unternommen hatten. Jenny hatte einen Freund aus der Neunten, und um sie warb ein Sechstklässler.

Susan warf den Zettel, auf den noch liebevoll ein kleines rotes Herz gemalt war, in den Papierkorb.

Endlich. Der Laptop war hochgefahren. Als Hintergrundbild erschien ein grüner Drache mit feuerspeiendem Maul. Susan fand Drachen faszinierend. Sie hatte mittlerweile schon viele Fantasiebücher gelesen, in denen auch Drachen eine Rolle spielten. Früher war sie eine begeisterte Leserin gewesen und hatte stundenlang auf dem Bett liegen und schmökern können. Drachenbücher fand sie unheimlich spannend, weil es dabei immer um Kämpfe auf Leben und Tod ging.

Aber mittlerweile war das Internet mehr und mehr zu ihrem Lebensinhalt geworden.

So stand ihr Laptop wie ein Heiligenschrein mitten auf dem Schreibtisch. Fehlten nur noch zwei Flammenwerfer rechts und links, der allen Fremden den Zutritt verwehrte. Nur sie, Susan, die Drachentöterin, besaß den Schlüssel zur großen, weiten Welt des Internets.

Zuerst rief sie also Wikipedia auf, um sich über die PowerPoint-Gestaltung schlauzumachen. Doch eine unsichtbare Macht zog sie zunächst woanders hin. Nur ein paar Minuten.

Sie konnte zwischen zwei Möglichkeiten wählen: Facebook oder LINUS. Außerdem hatte ihr Vater, als er ihr vor einiger Zeit den Laptop schenkte, sie dooferweise bei cyberzwerge.de angemeldet. Aber auf so eine Kinderkacke hatte Susan natürlich keinen Bock und ließ ihren Vater in dem Glauben, dass sie dort gut behütet von erwachsenen Moderatoren chatten würde. Ihr Topfavorit war der *LINUS-Chat*.

25

Wolfgang musste immer wieder an Laura denken. Die Bilder von ihr hatte er sich auf einen USB-Stick gezogen, damit seine Frau oder sein Sohn sie nicht zufällig auf dem häuslichen PC finden konnten.

Schade. Alles war schief gegangen. Das Treffen an der Bushaltestelle vor der Schule, ihr vorsichtiges Misstrauen, weil er ihr bei den Hausaufgaben nicht helfen konnte, und zu guter Letzt hatte sie einen Freund gefunden und war deshalb für sie uninteressant geworden.

Dennoch war Wolfgang zufrieden. Es war ihm gelungen, über Internet Kontakt zu einem jungen Mädchen aufzubauen und für eine Zeit lang ihr Vertrauen zu gewinnen.

Nun musste er also noch einmal sein Glück versuchen und ein neues Mädchen finden.

Am besten löschte er die Daten von *thomas16*, um sich eine neue Identität zu geben. Er nannte sich jetzt *cooler.kevin.*

Also schrieb er in das *LINUS-Chat-Profil*:

Name: *cooler.kevin*
Alter: *18*
Wohnort: *bayern*
Beruf: *schüler, gym*
Hobbys: *fußball, schwimmen, joggen und chillen*

Wo man Bilder von Jungen fand und wie man sie ins Profil einfügte, wusste er ja bereits. Nach kurzem Suchen entdeckte er das Bild eines etwa achtzehnjährigen Jungen, der freundlich lachend mit einer Sporttasche über der Schulter an einem Baum lehnte. Das passt, dachte er, so sieht ein Gymnasiast aus, der eine zwölfte Klasse besucht.

26

Susans Freunde trafen sich entweder bei Facebook oder im *LINUS-Chat*. Aber der *LINUS-Chat* gefiel ihr besser, besonders die Räume *Restaurant* und *Jugendabteilung*. Hier konnte sie viele unterschiedliche Typen treffen, wenn auch nicht alle nach ihrem Geschmack waren. Nachdem sie sich mit ihrem Nickname *sweetdragon13* eingeloggt hatte, ging sie sofort ins *Restaurant.*

Hui, da ging's ja schon richtig ab. Bestimmt über dreißig Leute waren online: *bushidoman, sweetboy, zuckerstern, knutscher, partyprinzess, schwarzertotendrache, tangamaus, kornfeld123, mausbella* und so weiter.

»hat ein süßes mädel lust zu chatten?«, fragte *djboy* in die Runde, »bitte privat melden.«

Ein paar Zeilen darunter zankten sich *miss-gaga* und *devilboy.*

Miss-gaga schrieb: »lass mich in ruh«.

Und devilboy antwortete: »nö, wieso denn, mir macht's spaß«.

»mir aber net«

»wieso zickste denn hier so ab«

»weil ich kein bock drauf hab«

»ich aber«

»och mann, such dir was anners«

»nö«

»langsam gehste mir aufn po mit deinem gequatsche«

»hm, lecker, aufn po, du hast sicher nen süßen«

Susan las belustigt mit. Oh Mann, sind die doof. Susan schaute ins Profil von *devilboy.*

Name: *devilboy*
Alter: *17 jahre*
Stadt: *aus irgendwo*
teufelsanbeter, hasse alle und alles

Das Mädchen war auch nicht viel besser:

Name: *miss-gaga*
Alter: *16 jahre*
Stadt: *geht euch nix an*

Und dann, unter einem verrückten Comic-Bild, war zu lesen:
Jungs wollen immer schlanke Mädels mit langen blonden Haaren > dann kauft euch ne barbie

Nach einer Weile des Mitlesens lehnte sich Susan gelangweilt zurück. Vielleicht sollte sie sich doch endlich mal um das Referat für Deutsch kümmern.

Als sie sich gerade abmelden wollte, ging plötzlich unten rechts ein kleines Fenster auf mit der Anfrage: *»badboy* möchte kontakt mit dir aufnehmen.«

Neugierig klickte Susan auf den Button für *aufnehmen.*

»hey«, eröffnete badboy das Gespräch.

»hi«, schrieb Susan zurück.

»na du, wie geht's?«

»supi, und dir?«

»auch – was machst?«

»nix«

»wie alt und woher?«

Susan ärgerten solche Fragen: »guck ins profil – da steht alles drin«

Sie hatte sich echt Mühe gegeben mit ihrem Profil bei *LINUS*. Ein großes Foto von sich hatte sie reingestellt, auf dem sie in lässiger Haltung mit Stirnband und Peace-Handzeichen zu sehen war. Darunter konnte jeder lesen:

Name: *susan klaasen*
Alter: *13 jahre*

Beruf: *schülerin*
Stadt: *nähe köln*
Hobbys: *lesen, freunde, chillen, tiere, mucke hörn*

Dann hatte sie noch einige Tierbilder reingestellt: ihren Hund Sammy, der verstorbene Kater Silvester und ein Drachenbild.

»mom«, war die Antwort, »dann gucksch ma«.

Susan schaute schnell in das Profil von *badboy.* Als Erstes las sie: *badboy hat kein bild.*

Alter: *17 jahre*
Stadt: *könnt ja fragen*
Hobbys: *girls*
Und weiter unten: *ich bin der spast des grauens*

Das waren alle Informationen.

»bei dir steht ja nix drin«, Susan war sichtlich enttäuscht.

»pics hab ich nur für freunde«

»aso, na da kann man nix machen«

»kann mich ja beschreiben: 1,80 groß, braun gebrannt, kurze haare, sportlich gebaut«

»nicht schlecht, aber schreiben kann jeder viel«

»haste nen freund?«

»nö« Susan schluckte. Sie hatte ja wirklich keinen. Oh Mann, und Jenny ging mit einem Neuntklässler. Ich will auch endlich einen, dachte sie, immerhin werde ich bald vierzehn!

»worauf haste lust«, ging *badboy* gleich aufs Ganze.

»will nur schreiben«, schrieb Susan, die einfach nur chillen und sich unterhalten wollte.

»und keine lust auf lust?«, wollte *badboy* wissen.

Geht das schon wieder los, dachte Susan, darauf habe ich nun wirklich keinen Bock.

Noch bevor *badboy* antworten konnte, hatte Susan ihn auf *Ignore* gestellt. Ein Glück, dass man unangenehme Chatter so loswerden konnte.

Susan fand solche Typen echt zum Kotzen. Und wieder gingen drei Fenster auf: *fury16, daniel.der.große, hip-hop-dave.*

»Susanne!«, rief die Mutter, »kannst du mir mal schnell helfen?«

»Immer ich«, maulte Susan, »der Michl muss nie was tun, der taucht immer gleich ab.«

»Die leeren Getränke-Kisten müssen alle in die Garage, wenn dein Vater heimkommt, will er einen aufgeräumten Flur sehen.«

Missmutig stapfte Susan die Treppe runter: »Wo ist denn Michl? Der kann ja auch mal was tun.«

»Der musste weg«, beschwichtige ihre Mutter, »komm, das hast du doch schnell gemacht.«

»Ja, der ist wieder zum Joschi abgetaucht, diesem Superangeber«, murrte Susan und schob die Kisten polternd mit den Füßen zusammen.

»Nicht so hastig«, rief Frau Klaasen, »die sollen heil bleiben, da ist Pfand drauf.«

»Ja«, machte Susan gedehnt. Sie wollte so schnell wie möglich wieder auf ihr Zimmer. Michl, der faule Hund, machte sich immer gern und schnell aus dem Staub, wenn es im Haus etwas zu tun gab. Immer blieb alles an ihr hängen. »Susanne hier. Susanne da.« Überhaupt war sie das Mädchen für alles. Sie war ja auch die Jüngste. Na ja, und die Jüngste hatte natürlich auch die meiste Kraft, wie Oma Klaasen immer zu sagen pflegte.

Apropos, Oma Klaasen. Wenn sie zu Besuch erschienen, dann musste Susan immer brav antanzen, grüßen und sich im Wohnzimmer dazu setzen. Dann hieß es: »Was macht die Schule? Lernst du auch fleißig? Du hast doch sicher noch keinen Freund? Ist auch gut so. Mach erst mal deinen Schulabschluss … bla, bla, bla.«

Susan ließ sie meist reden, nickte ab und zu und war mit ihren Gedanken ganz woanders. Dafür rückte Oma manchmal ein paar Euro heraus. »Taschengeld, um Schulsachen oder etwas Vernünftiges zu kaufen«, wie sie dann zu sagen pflegte. Susan bedankte sich jedes Mal artig, meist mit einem distanziert hingehauchten Backenbussi.

Klar wurde das Geld für etwas Vernünftiges ausgegeben: um ihr Handy aufzuladen. Das war nämlich andauernd leer. Sie hatte halt jede Menge SMS zu verschicken, und wenn es gar nicht anders ging, dann wurde auch telefoniert. Sie musste doch den Kontakt zu ihren Freunden, oder besser gesagt Kumpels, halten. Als richtige Freunde würde sie nur Julia, Nathalie, Katja, Larissa, Babsi und, na ja, Jenny bezeichnen. Aber Jenny war die meiste Zeit mit den Jungs unterwegs, und zwischen ihr und Susan herrschte deshalb Funkstille.

Endlich waren die Kisten vom Flur in die Garage geschafft. So, mehr würde sie heute nicht mehr tun. Das reichte doch wohl. Michl war jetzt mal an der Reihe. Oder Vera, wenn sie heimkam. Vera studierte noch. Deshalb war sie auch häuslich nicht zu sehr zu belasten, wie sie immer sagte.

Je mehr Susan über so was nachdachte, um so mehr ärgerte sie sich. Schnell die Treppe hoch und Tür zu.

»Susanne!«, rief die Mutter.

»Muss Hausaufgaben machen. Wir haben ’ne Menge auf«, war ihre Antwort. Schule und Hausaufgaben waren Zauberwörter für Eltern. Das wurde meist als Grund für das Zurückziehen ins eigene Zimmer akzeptiert. So, geschafft. Tür zu. Dennoch horchte Susan noch einmal nach unten, ob wirklich alles ruhig war. Ja, Mutter schepperte in der Küche herum, Michl war weg und die anderen Geschwister noch nicht da.

27

Nachdem Susan ihre Zimmertür geschlossen hatte, atmete sie durch und setzte die Kopfhörer auf. Ihre Mutter sollte nicht mitbekommen, dass sie Musik hörte. Vielleicht durfte sie jetzt ungestört ihren Lieblingssong für Stresssituationen hören: *Turn to despair*. Wow, so voll aufgedreht auf den Ohren, ein Hammersound. Metal war ja auch nicht jedermanns Geschmack. Aber das war genau das, was sie jetzt brauchte. Ihre Freundinnen standen mehr auf Rap und Hip-Hop.

Susan war sich nicht schlüssig. Sollte sie sich aufs Bett legen oder in den Chat gehen? Da lag auch noch der dritte Band der Tintenwelt-Trilogie. Die beiden ersten Bände, Tintenherz und Tintenblut, waren recht spannend gewesen. Aber Lesen war im Augenblick nicht ihr Ding. Dann doch lieber in den Chat.

Achja, Hausaufgaben musste sie auch noch machen.

Sie schwang sich rüber an ihren kleinen Schreibtisch mit dem heiligen Laptop. Sie war immer noch bei *LINUS* eingeloggt und klickte auf *anwesend*, um wieder als online angezeigt zu werden.

Es dauerte nur Sekunden, und schon waren zwei Interessenten da. *Julio20* und *GuitarMan.* Susan sah sich das Profil von *GuitarMan* an. Auffällig war, dass er kein Bild hatte.

Alter.	*18*
Name:	*hab ich einen*
Stadt:	*i-wo*
Messenger:	*habsch*

Sie schrieb ihn an: »hi«.

GuitarMan antwortete auch sofort: »na du, wie gehts«.

»langweilig«

»mir auch, was machst denn«

»mucke hörn«

»was hörste denn«

»mom bullet for my valentine«
»is doch voll out«
»is super, voll cool«
»lust auf was geiles«
»kein bock«
»o sry, seh grad, du bist ja erst 13, da is ja noch nix an dir dran«

»Nix an dir dran?« Susan las den Satz noch einmal und wurde leicht rot. »Nix an mir dran! So ein blöder Hund«, sagte sie halblaut. Und warum hatte Jenny immer Chancen? Die hatte auch nicht mehr als sie.

»wie meinsten das«
»ich such ne frau, kein kind«
»bin kein kind, merk dir das, hab auch alles«
»lol, na dann, beschreib dich mal oder hast ein pic«
»mein pic is doch im profil«
»lol, das kinderbild da«

Susan ärgerte sich immer mehr. Kinderbild! Was war denn das für ein unverschämter Typ?

»he, ich werd bald 14, bin kein kind, is das klar?«
»ja, ok, sry, war nur spaß, welche bh-größe haste denn«

Susan erschrak. Sollte sie weiterschreiben oder ihn auf Ignore stellen? Sie schwankte zwischen Verlegenheit und Neugier.

»nu was is, hast noch kein bh? baby, hehe«

Gut, dass GuitarMan nicht sehen konnte, wie sie schon wieder rot wurde. Nicht aus Scham, sondern aus Wut. Dieser unverschämte Kerl. Was bildete der sich ein?

»sag mal, wie heißt du eigentlich«
»erst mal meine frage beantworten«
»nö, sag ma, sonst sag ich nix«
»vergiss es, viel spaß noch in deinem Kindergarten, cu«

Jetzt wurde es Susan zu blöd. Sie setzte GuitarMan
auf Ignore.

O Mann, immer dasselbe doofe Gelaber im Chat. Gab es

denn keine vernünftigen Leute, mit denen man ganz normal schreiben konnte?

Susan sah sich die lange Liste der Nicknames an. Wer las sich denn einigermaßen normal? *Andy_16, BlackJack, herby_com, SnoppyKoeln, LittleDJ, cooler.kevin.*

Plötzlich klopfte es und ihre Zimmertür ging auf: »Aja«, sagte Frau Klaasen streng, »das sind wohl deine Hausaufgaben? Ich hätte es mir denken können. Hängst wieder im Chat?«

»Nein«, ereiferte sich Susan, »ich habe für Deutsch was nachgucken müssen und Nina schnell noch was für Kunst durchgegeben. Wir sollen für die nächste Stunde irgendwas über einen holländischen Maler raussuchen, der sich ein Ohr abgesäbelt hat. Wollte sowieso jetzt off gehen.«

»Aha«, seufzte Frau Klaasen gedehnt, »ich glaube, ich muss das etwas mehr kontrollieren. Wie ist denn eigentlich deine Englischarbeit ausgefallen? Bestimmt nicht so toll, sonst hättest du schon was erwähnt.«

»Geht so«, brummelte Susan und schaltete den Laptop aus.

28

Nachdem Susan den restlichen Nachmittag an ihrer Deutschhausaufgabe gebastelt hatte, konnte sie am späten Abend ruhigen Gewissens wieder online gehen. Interessiert schaute sie sich Profile der Jungen an, die etwas älter waren als sie. Der *coole.kevin* hatte ein nettes Bild von sich reingestellt: ein gutaussehender Typ mit schwarzen Haaren und einem freundlichen Gesicht. Kein Assi, wie so viele hier.

Im Profil stand:

Name: *cooler.kevin*
Alter: *18*
Wohnort: *bayern*
Beruf: *schüler, gym*
Hobbys: *fußball, schwimmen, joggen und chillen*

Susan betrachtete das Bild. Der sah echt nett aus. Aber er war schon 18. Sie schaute sich die Gespräche im *Restaurant,* dem offenen Chatraum, an. Der *coole.kevin* beteiligte sich nicht. Sie wollte sehen, was und mit wem er schrieb.

Nach fünf Minuten fasste sie sich ein Herz, und tippte bei *schreibe privat*: »hi«

»hallo«, kam sogleich die Antwort.

»wie gehts«

»super und dir«

»auch supi«

»bin der kevin aus bayern und du«

»susan aus der nähe von köln«

»ich bin 18 und du«

Susan schluckte. Wenn sie jetzt ihr wahres Alter nannte, dann würde er bestimmt wieder gehen. Aber das hatte er sicher schon in ihrem Profil gelesen, da stand es ja drin.

»bald 14«

»is doch ok, schaust sehr nett aus«

Susan fiel ein Stein vom Herzen. »störts dich nicht, dass ich erst 13 ½ bin«

»nein, is doch ok, wenn's dich net stört, dass ich 18 bin«

»is ok, mein bruder is auch 18«

»hast also noch geschwister, ich leider net«

»kannst noch paar von mir haben, ich hab noch 4«

»was, noch 4 geschwister, dann seid ihr ja zu fünft«

»genau, aber die nerven meist, bin nämlich die jüngste«

»o weh, du ärmste«

»na ja, wir gehen uns meist aus dem weg«

»hab in deinem profil gesehen, dass du tiere hast, ich hatte auch mal nen hund, aber der is leider tot, sag mal, wo wohnst du denn in köln«

»eigentlich in rodenkirchen, also in der nähe von köln«

Susan plauderte gleich offen und ohne Bedenken ihren Wohnort aus, schrieb über Hobbys, Freunde, Schule, die Familie und ihre Gewohnheiten, weil sie glaubte, endlich einen netten Chatfreund gefunden zu haben. Der ist ja ganz normal, dachte Susan, endlich mal einer, mit dem man gut schreiben kann, ohne blöd angemacht zu werden.

Als die Mutter nach über einer Stunde ins Zimmer kam, um zu sehen, ob Susan sich bettfertig gemacht hatte, konnte sie gerade noch »bye, hdl« schreiben.

29

Erneut wähnte sich der fünfundvierzigjährige Wolfgang am Ziel seiner Wünsche. Nach dem Verlust Lauras war er wieder auf der Suche nach einem neuen Opfer, und jetzt zappelte abermals ein junges Mädchen in seinem Netz. Susan. Sie war sogar erst dreizehneinhalb, kindlich, freundlich mit einem bildhübschen Gesicht.

In den wenigen Zeilen, die sie getippt hatten, glaubte er erkennen zu können, dass er ihr Vertrauen schon gewonnen hatte. Sie erschien ihm unkompliziert, zugänglich und arglos. Er musste allerdings aufpassen und behutsam vorgehen, damit sie nicht misstrauisch wurde.

In ihrem ersten gemeinsamen Chatgespräch erwähnte sie vieles, was Wolfgang wissen wollte. Sie wohnte also in Rodenkirchen bei Köln, besuchte die siebte Klasse der Hauptschule und hatte Probleme in einigen Fächern. Wolfgang dachte an die Gespräche mit Laura und wollte nicht wieder in Hausaufgabenprobleme hineingezogen werden. Aber ihr Mut zusprechen, dass sie alles schaffen werde, war sicherlich in Ordnung.

Mit ihrer besten Freundin Jenny hatte sie wohl zurzeit etwas Streit. In der Familie und mit den Geschwistern gab es ebenfalls Konflikte. Alles gute Voraussetzungen für den Fünfundvierzigjährigen, um ihr Aufmerksamkeit, Verständnis und Zuwendung zu schenken.

Wolfgang dachte an seinen Sohn Maik, wie er wohl mit Mädchen chatten würde. Aja, diese besondere Chatsprache, die junge Leute benutzen, musste er sich noch aneignen.

Bei Google gab er deshalb *Chatsprache* ein und fand alles, was er brauchte: *g* (grinsen), *grmpf* (grummeln, motzen), *lol* (laughing out loud), *ka* (keine ahnung), *cu* (see you, tschüss), *thx* (danke) und vor allem *hdl* beziehungsweise *hdgdl* (hab dich lieb und hab dich ganz doll lieb) und natürlich *ida* (ich dich auch). Toll, dass er hier alles finden konnte, ohne anderen verdächtige Fragen stellen zu müssen.

Wolfgang schaltete zufrieden seinen PC aus, ging ins Wohnzimmer und setzte sich in den Sessel. Seine Frau schlief bereits auf der Couch vor irgendeinem langweiligen Film, während er sich in Träumen versunken noch eine Flasche Bier genehmigte.

Morgen Mittag, wenn es im Geschäft ruhig war und keine Kunden mit Fragen nach Benzinverbrauch und Höchstgeschwindigkeiten nervten, wollte er wieder mit Susan schreiben.

30

Susan ging an diesem Abend gut gelaunt zu Bett. Sie hatte nicht nur brauchbare Infos zur Deutschhausaufgabe finden können, sondern auch noch den super netten Kevin im Chat entdeckt. Oh Mann, war das toll, jetzt kannte sie einen Jungen, der sogar älter war als Jennys doofer Neuntklässler. Sie würde platzen vor Neid, und Gift und Galle spucken. Gleich morgen wollte sie ihr davon erzählen.

Im Traum sah sie immer wieder Kevins Bild, diesen netten Jungen mit schwarzen Haaren, der mit der Umhängetasche so lässig am Baum lehnte. Sein Name war Programm: cooler Kevin. Sie musste sehen, dass sie ihn zu MSN überreden konnte. Diesen Messenger hatten alle ihre Kumpels, denn die Kontakte ließen sich dort leichter verwalten und Nachrichten und Bilder konnten schneller ausgetauscht werden.

Ihr Frühstück nahm Susan fast im Stehen ein, um schnellstens aus dem Haus zu kommen. Fühlte sie sich gestern noch ausgegrenzt und genervt, so erlebte sie sich heute fröhlich und ausgeglichen. Was Susan sonst morgens so tierisch auf den Senkel ging, nahm sie heute nur entspannt zur Kenntnis. Sie freute sich so darauf, von ihrer neuen Chaterrungenschaft zu berichten. Sie hätte das Bild von Kevin auf ihr Handy laden sollen. Mist! Das wäre nämlich der beste Beweis gewesen. Gleich heute Mittag würde sie das tun.

Jenny stand wie immer am Pilz auf dem Schulhof. Der Pilz war ein kleiner roter Pavillon mitten auf dem Schulhof und Treffpunkt der Pärchen, die nicht gemeinsam in einer Klasse waren.

»Na«, lächelte Jenny, »alles klar?«

»Jup«, grinste Susan zurück, »bei mir ist alles klar, und bei dir?«

»Ich glaub, der Joschi macht mit ’ner anderen rum«, war Jennys Antwort, »die Melli hat so was gesehen, und der Jessi erzählt, und die hat es mir wieder gesagt.«

»Tja, das Leben ist kein Ponyhof«, schmunzelte Susan ohne Mitleid.

»Und was geht bei dir so?«, wollte Jenny stichelnd wissen.

»Bei mir?«, lachte Susan. »Kann nicht klagen.«

»Hast du heut Nachmittag Zeit? Wir könnten mal wieder was unternehmen.«

Aha, dachte Susan, jetzt wo ihr Typ langsam den Abflug macht, kommt sie wieder angekrochen. »Du, ich bin schon gebucht«, grinste Susan, »sorry.« Heute Nachmittag wollte sie sich auf alle Fälle wieder mit Kevin im Chat treffen.

»Was hast du denn vor?« Jenny kam ein paar Schritte näher, stupste Susan den Ellenbogen in die Seite und grinste augenzwinkernd. »Kenn ich ihn?«

»Hm«, machte Susan.

»Komm sag schon«, drängelte Jenny.

»Alles zu seiner Zeit«, gab Susan geheimnisvoll zurück. Glücklicherweise unterbrach der Schulgong das Gespräch und die beiden Mädchen gingen wortlos in ihre Klasse.

31

Der Morgen begann für Wolfgang wieder einmal mit Ärger. Zuerst hatte ihm seine Frau beim Frühstück unterbreitet, dass der Urlaub in diesem Jahr gefährdet sei, weil die Waschmaschine den Geist aufgeben hatte, und sie nun das Geld für eine neue braucht.

Dann drückte ihm sein Chef für den heutigen Abend noch einen Kundentermin in den Kalender, und zu guter Letzt waren keine Kaffee-Pads für die Kaffeemaschine mehr vorrätig. Der Tag fing also wieder gut an.

Als er jedoch an Susan dachte, dieses bildhübsche dreizehn Jahre junge Mädchen aus dem Rheinland, hellte sich seine Stimmung wieder etwas auf. Er wollte gleich am Nachmittag versuchen, sie zu kontaktieren.

Und schon begann er sich in seiner Fantasie auszumalen, wie er es wohl am besten anstellen könne, dieses Mädchen persönlich zu treffen, denn Köln war ja nicht der nächste Weg. Diesmal wollte er planmäßiger vorgehen, als bei dem missglückten Treffen mit Laura. Ein Problem allerdings lag in der weiten Wegstrecke zwischen Nürnberg und Köln.

Als er später am PC einige Geschäftsbriefe tippte, ging er über den Routenplaner auf den Wohnort Susans. Rodenkirchen lag zwischen Köln und Bonn direkt am Rhein. Vor Jahren war er beruflich einmal in Köln gewesen, aber ansonsten kannte er sich dort nicht aus.

32

Susan kam wie fast jeden Tag gegen vierzehn Uhr nach Hause. Ihre Mutter und Michl warteten schon auf sie, denn das Essen stand bereits auf dem Tisch. »Ich muss mit dem Bus in zwanzig Minuten in die Stadt«, sagte Frau Klaasen, »ihr seid heute Nachmittag allein. Und vertragt euch, ich will später keine Klagen hören!«

Jippi, dachte Susan, dann kann ich ja in Ruhe mit Kevin chatten.

»Hab eh genug zu tun«, grinste Susan »dann kann ich heute ein paar Dinge erledigen, falls Michl mich in Ruhe lässt.«

»Ok, Kleine, ich bin auch weg«, war die Antwort, »kannst die ganze Bude für dich haben!«

Nachdem Mutter und Bruder das Haus verlassen hatten, räumte Susan noch schnell die Küche auf und rannte dann nach oben. Vielleicht war Kevin im Chat schon online.

Leider hatte sie kein Glück. Nur viele Obergestörte tummelten sich bereits munter in der *Jugendableitung*. Der *coole.kevin* ließ auf sich warten. Vielleicht sollten sie einen festen Zeitpunkt vereinbaren oder gleich zu MSN wechseln, dann könnten sie sich einfacher Nachrichten zukommen lassen. Sie würde ihm das gleich vorschlagen, sobald er online kommt.

Susan betrachtete im *LINUS-Profil* das Bild von Kevin. Der sah wirklich ausgesprochen gut aus. Sie lehnte sich zurück und begann zu träumen. Vielleicht konnte er ihr ein Bild aufs Handy schicken, dann hätte sie für ihre Freundinnen einen Beweis.

Unvermittelt wurde sie aus ihren Gedanken gerissen, als sie plötzlich sah, dass Kevin online gekommen war.

»hi«, schrieb sie gleich als private Nachricht, »na, wie geht's?«

Es dauerte einen Augenblick, bis die Antwort kam: »wenn du da bist, immer gut.«

Susan hätte ihn knutschen können. Sie schrieb »knutsch« und

schickte ihm ein lachendes Smiley mit Herzen in den Augen. »hast du MSN?«

»klar, und du?«

»ich auch, welche addy haste denn da?«

Wolfgang musste kurz überlegen. Er hatte sich damals einen Nick für MSN ausgedacht, den er immer wieder einsetzen konnte, doch leider nicht schriftlich notiert. Wie hatte er sich seinerzeit genannt? Einen Augenblick dachte er nach. Jetzt fiel es ihm wieder ein. »bestboy@hotmail.de«, schrieb er.

»Ok, ich adde dich mal«, kam die Antwort. Nach einer Weile las er ein enttäuschtes: »Geht nicht, die addy stimmt nicht!«

Sollte er sich geirrt haben? Das war doch der Name, den er damals auch Laura gegeben hatte?

»hm, mein MSN spinnt momentan, ich gebs dir heut abend«

»meine ist dort wie hier susandragon13@hotmail.de«

»ok, ich adde dich dann später«

»freu :-)«

Ein Kollege ließ ihn den soeben begonnenen Chat beenden, indem er ihn bat, kurzfristig einen Kunden zu übernehmen. »muss off, bis heut abend«, konnte er gerade noch tippen.

Nach dem Abendessen setzte sich Wolfgang an seinen häuslichen PC und suchte nach seiner MSN-Adresse. Dass er zwischen »best« und »boy« seinerzeit einen Punkt gesetzt hatte, war ihm entfallen. Also musste er sich einen neuen Namen für MSN überlegen. Kurzerhand nannte er sich jetzt: *cooler.kevin18*, denn *cooler.kevin* war bei MSN bereits vergeben.

33

Seit diesem Nachmittag im März bauten Kevin und Susan ihre intensive Chatfreundschaft weiter aus. Nachmittags meist kurz, und abends länger, schrieben sie über alltägliche Erlebnisse aus der Schule und dem Freundeskreis, große und kleine Probleme mit Eltern und Geschwistern, Besonderheiten, Wünsche, Ärger und heimliche Sehnsüchte, wobei Wolfgang, alias Kevin, sich meist zurückhielt und wenig erzählte, dafür Susan sich immer weiter öffnete und munter drauflos schrieb.

Während sie dies arglos und voller Sympathie für ihren neuen, fünf Jahre älteren Freund tun konnte, musste Wolfgang sich konzentriert in einen achtzehnjährigen Jugendlichen der heutigen Zeit hineindenken.

Mehr und mehr erkannte er, dass Susan besonders leicht auf seine Zuwendung reagierte und in ihm einen vertrauensvollen Ansprechpartner sah. Mit der Chatsprache hatte er keine Probleme mehr, sodass sie auch keinen Verdacht schöpfen konnte, dass am anderen Ende nicht der achtzehnjährige Kevin, sondern ein erwachsener fünfundvierzigjähriger Mann mit eindeutigen Absichten saß.

Susan verriet in kurzer Zeit alles, was ihr Chat-Freund wissen wollte. Sie sprach offen und frei über den Ärger in der Familie, den Streit mit ihren Geschwistern, die Zankereien mit ihren Freundinnen, den Ängsten in der Schule und dass sie verzweifelt auf der Suche nach einem festen Freund ist.

Susan stellte ihre Sehnsüchte auch immer wieder als Botschaften für jeden sichtbar in ihr Profil: *Liebe geht oft einen steinigen Weg, aber wenn es zu steinig wird, gibt die Liebe schließlich auf!* Ihre Sprüche wechselten je nach Stimmung: *Nicht alles kann man für immer festhalten, und nicht alles ist für die Ewigkeit, doch merkt man das erst, wenn es verloren ist!* Zu den Sprüchen hatte sie meist ein neues Bild von sich ins Profilfenster gestellt: mal zeigte es sie lachend, mal nachdenklich, mal traurig.

Eines Tages erhielt Wolfgang völlig überraschend ein liebevoll gestaltetes Video mit Musik und Bildern unterlegt: »Lieber Kevin, dieses Video mach ich nur für dich. Wenn ich mich mit dir unterhalte, ist mein Himmel immer rosa gefärbt. Kevin, weißt du was? Hab dich lieb! Deinetwegen schwebe ich oft im 7. Himmel! Durch dich ist die harte Schale von mir abgeprasselt. Denn ein Leben ohne Liebe ist einsam. Ein Leben ohne Hoffnung ist grausam. Ein Leben ohne Vertrauen ist leer. Aber ein Leben ohne dich ist für mich kein Leben mehr. Wir haben eine tolle Freundschaft! Hab Dich ganz toll lieb! Deine Susan«

Leider war Wolfgang kein guter Schreiber von Liebesgedichten. Er war mehr der direkte Typ und sagte, was er dachte. Als er sich für das Video bedankte, schrieb er etwas holprig: »sweet-susan du mein sonnenschein, ich möchte immer bei dir sein! hdagdl, dein bester freund kevin.«

Seit dieser Zeit nannte er sie nur noch liebevoll *sweet-susan.*

Mittlerweile hatten sie auch ihre Handynummern ausgetauscht, sodass sie hin und wieder telefonieren konnten. Inzwischen trafen sich die beiden fast täglich im Messenger.

Seit dem 22. Mai war Susan vierzehn Jahre alt. Wolfgang hatte ihr einen netten Geburtstagsgruß mit einem Drachenbild und vielen großen und kleinen roten Herzen über MSN geschickt. Die Antwort von Susan kam prompt. Neben einem Foto mit vierzehn Kerzen im Bildausschnitt bei MSN hatte sie für alle lesbar geschrieben: *Kevin, hdgdl, du bist der beste Freund, den ich mir wünschen kann!*

34

Wolfgang besaß mittlerweile über zehn Fotos, die Susan ihm geschickt hatte. Die Bilder zeigten sie in ihrem Zimmer, in der Küche, im Wohnzimmer mit ihren Eltern und Geschwistern, im Garten, in der Schule oder unterwegs mit Freundinnen. Auf zwei Fotos hatte sie sich auch etwas aufreizend in Pose gestellt, geschminkt und mit engem Pulli, sodass ihre mädchenhaften Rundungen sich eindrucksvoll abzeichneten und Wolfgang immer wieder aufs Neue erregten.

Er selbst hatte ihr nur zwei Bilder des dunkelhaarigen Jungen geschickt und war froh, dass sie nicht mehr Fotos von ihm forderte. Wenn Wolfgang sich ihre Bilder betrachtete, war er immer sehr aufgewühlt, besonders wenn er sie dabei am Telefon hörte, den Klang dieser hellen, freundlichen, aber auch etwas verlegen klingenden Mädchenstimme, die ihn in glückliche Momente versetzte.

Ja, Wolfgang war mittlerweile sehr nah an Susan herangekommen, um nicht zu sagen, er hatte sich in sie verliebt. Susan besaß alles, was er bei einem Mädchen suchte.

Sie war jung, schön, kindlich, rein und ihr Glaube an das Gute im Menschen hatte etwas Herzbewegendes.

Auf die vorsichtige Frage, ob sie ihm ein Bikinifoto schicken könne, sagte sie arglos, dass sie keines habe und außerdem nur Badeanzüge trägt.

»Kauf dir doch einen schönen Bikini«, schlug Wolfgang vor, »ich schenke ihn dir und schicke dir das Geld. Dann kannst du in den Ferien ein paar super Fotos für mich machen.«

»Leider fahren wir im Sommer nicht weg«, schrieb Susan, »meine Eltern haben in diesem Jahr kein Geld. Letztes Jahr waren wir in einer Ferienwohnung in Italien. Aber dieses Jahr wird nichts daraus.«

»Fährst du gar nicht weg?«, wollte Wolfgang wissen.

»Doch. Aber nur zwei Wochen zu meiner Tante in den Westerwald. Stinklangweilig!«

»Wann habt ihr denn Ferien in NRW?«, fragte Wolfgang.

»Ich glaub von Anfang Juli bis Mitte August. Aber Ende Juli bin ich ja zwei Wochen bei der Tante. Mal sehen, ob ich da auch ins Internet kann.«

»Sonst simsen wir halt«, schrieb Wolfgang tröstend. »Soll ich dir das Geld für einen Bikini schicken?« Wolfgang ließ nicht locker. Zu reizvoll war der Gedanke, sie im Zweiteiler zu sehen.

Nach Nacktbildern wagte er noch nicht zu fragen, er wollte noch ein wenig warten, war sich aber sicher, dass sie ihm zu gegebener Zeit welche schicken würde.

»Nein, lass mal«, war ihre Antwort, »dann stellen meine Eltern nur blöde Fragen.«

Wobei sie sicherlich nicht unrecht hat, dachte Wolfgang ernüchtert.

Aber er war dennoch zufrieden. Hatte er doch in der kurzen Zeit sehr viel erreicht.

Nur eine Frage beschäftigte ihn immer intensiver: Wie und wo würde er sie treffen können? Vielleicht in den Ferien, wenn sie aus dem Westerwald zurück wäre? Über jede realisierbare Möglichkeit grübelte er Tag und Nacht.

Nachdem sie bereits einige Monate miteinander gechattet hatten, und er sie im Juni sogar vor ihrer neuen Webcam sehen durfte, machte er zu Beginn der Sommerferien im Juli den entscheidenden Vorstoß und fragte, ob sie sich nicht einmal persönlich treffen könnten.

Obwohl Susan in der sechsten Klasse bereits ein Projekt der Kripo Köln über die Gefahren im Internet mitgemacht hatte, schlug sie alle Hinweise und Warnungen in den Wind. Die entscheidenden Fehler hatte sie längst gemacht. Wolfgang, alias Kevin, kannte ihre genaue Wohnadresse, wusste ihre Handynummer und die Anschrift der Schule. Sie wurde auch nicht misstrauisch, als er sich besonders auffällig für ihren Körper interessierte, sie über ihr Aussehen und intime Details befragte, ihr übertriebene Komplimente machte und letztendlich immer häufiger über Sex sprach.

Nach und nach hatte sich Wolfgang einen Plan über ein persönliches Treffen zurechtgelegt. Er wollte Susan überzeugen und sie nicht misstrauisch machen. Im Internet hatte er zufällig entdeckt, dass in Brühl, nicht allzu weit weg von Rodenkirchen, der Freizeitpark Phantasialand lag.

»Ich hab's«, sprach er eines Tages zu sich selbst und schnippte mit dem Finger, »so könnte es gehen!«

35

»Ich glaube, ich muss das in diesem Jahr einmal mehr kontrollieren«, sagte Frau Klaasen wenige Tage nach Beginn des neuen Schuljahres im ernsten Ton, »du hängst mir zu oft und zu lange im Internet.«

»Aber wir sollen für die Schule immer wieder was nachschauen«, verteidigte sich Susan, »und Michl hockt ja auch ständig davor. Da sagt keiner was.«

Susan fühlte sich als Jüngste immer wieder benachteiligt. Nie durfte sie etwas und wurde ständig kontrolliert. Dabei war sie mittlerweile vierzehn und kein kleines Kind mehr.

Sie wollte und konnte natürlich nicht zugeben, dass sie in letzter Zeit immer häufiger im Chat hing. Endlich hatte sie einen Jungen gefunden, mit dem sie über alles reden konnte und der sie als Einziger verstand. Sie musste also vorsichtig sein, damit ihre Mutter nicht auf dumme Gedanken kam und ihr ein Internetverbot aufbrummte.

Wenn Susan mittags aus der Schule kam, war ihre Mutter meist bei der Arbeit in der Bäckerei. Deshalb ging sie zuerst in ihr Zimmer rauf, fuhr den Laptop hoch und wartete ein paar Minuten. Aber um diese Zeit war Kevin meist nicht on. Er kam erst nachmittags oder abends.

So konnte Susan beruhigt nach unten gehen und sich in der Küche nützlich machen. Wenn ihre Mutter dann kurze Zeit später nach Hause kam, hatte Susan ein wenig aufgeräumt und für sich, Michl und ihre Mutter den Tisch gedeckt. »Immer schön brav und fleißig sein, und sich nichts zuschulden kommen lassen«, war ihr derzeitiges Motto. Würde sie auch nur den kleinsten Fehler machen, dann wäre ihr eine Woche Internetverbot sicher.

Ihre Mutter hatte dies schon mehrfach angedeutet und konnte da sehr konsequent sein. Ihr Vater wäre da auch keine große Hilfe, denn er kam oft spät von der Arbeit und überließ die Erziehung gerne seiner Frau.

Aber eine Woche ohne Kontakt mit ihrem Kevin? Das würde sie nicht aushalten. Unmöglich! Dann nahm sie lieber ein paar Unbequemlichkeiten in Kauf und machte einen auf brave Tochter, soweit ihr dies möglich war.

Außerdem musste sie versuchen, durch gute Noten ihre Eltern bei Laune zu halten. Das war ihr größtes Problem. Aber da das neue Schuljahr gerade erst angefangen hatte, hoffte sie, alles in den Griff zu bekommen.

In Deutsch musste sie versuchen, ihre Zwei vom letzten Jahr zu halten und in Mathe, Bio und Physik wenigstens auf die Drei zu kommen. Also, die Lage war ernst aber nicht hoffnungslos, und da konnte ihr Kevin auch nicht helfen.

Wenn sie achtzehn wäre, würde sie sowieso von zu Hause ausziehen. Kevin hatte ja schon einmal angedeutet, er würde dann kommen und sie holen. Aber vier Jahre können sehr, sehr lang sein. Aber davon träumen durfte sie ja schon einmal.

36

In einem der folgenden Chatgespräche erzählte Wolfgang so nebenbei, dass er einen Onkel in der Nähe von Köln habe, den er manchmal besuchen würde.

»Wo denn da?«, fragte Susan interessiert.

»In Brühl«, antwortete Wolfgang hinterlistig.

Susan reagierte sofort: »Das ist doch bei uns in der Nähe. Das kenn ich, da waren wir mal mit der Schule. Da ist nämlich das Phantasialand.«

Bingo, dachte Wolfgang, sie hat angebissen. Und als wäre er überrascht, schrieb er: »Das ist doch super. Ich bin vielleicht in der letzten Ferienwoche im September wieder zu Besuch in Brühl. Dann könnte ich dich abholen und wir gehen gemeinsam in den Park. Ich lade dich ein!«

»Wow, das wäre megacool«, schrieb Susan voller Begeisterung.

»Na klar, das machen wir.« Wolfgang hatte sein Ziel erreicht: Sie würden sich treffen!

Er versprach ihr, wenn er in Brühl wäre, sie mit dem Auto seines Onkels abzuholen, denn er habe seit Kurzem den Führerschein. Dann könnten sie erst einmal in Rodenkirchen ein Eis essen gehen, um sich kennenzulernen und am darauf folgenden Tag ins Phantasialand fahren.

Als Antwort schickte Susan ihm viele kleine Smileys mit roten Herzen, schrieb aber dazu, dass dies nur samstags oder sonntags möglich wäre, denn die Sommerferien in NRW seien dann schon vorüber.

Einige Tage später, es war Ende August und Susan bereits wieder zwei Wochen in der Schule, schrieb Kevin, dass er in der letzten bayerischen Ferienwoche im September seinen Onkel in Brühl besuchen würde. Sie könnten sich deshalb am 9. September, das wäre ein Freitag, nachmittags in Rodenkirchen erst einmal zum Eis essen treffen, und am Samstag würde er sie ins Phantasialand einladen. Klopfenden Herzens wartete Wolfgang auf Susans Antwort und war erleichtert, als sie schrieb:

»ok, supi, freu mich, hdgdl.«

37

»Hi, Susan!« Florian Deißler, der eine Klasse unter ihr war, ließ sich neben Susan im Schulbus nieder. »Hast du heut Nachmittag mal Zeit? Man sieht dich ja so selten. Was machst du denn so?«

Susan hatte sich gerade die Ohrstöpsel ihres MP3-Players reingesteckt, was so viel bedeuten sollte wie »Lass mich in Ruhe!«

Aber Florian schien das nicht weiter zu stören, denn er quasselte einfach weiter: »Ich werde nächste Woche dreizehn und will am Samstag eine Party schmeißen. Hast du Lust zu kommen?«

»Hä?«, machte Susan, »wer feiert 'ne Party?« und nahm einen Ohrstöpsel raus.

»Na ich«, sagte Florian, »ich werde dreizehn.«

»Sorry, aber kein Bock«, war Susans kurze Antwort.

»Och komm.« Florian wollte nicht so schnell aufgeben. »Sag mal, was machst du eigentlich die ganze Zeit? Früher warst du schon mal mehr unterwegs. Aber jetzt sieht man dich kaum noch.«

Die beiden Familien Deißler und Klaasen waren Nachbarn und Florian und Susan kannten sich schon vom Kindergarten.

»Keine Zeit«, antwortete Susan abermals kurz angebunden.

Ja, es stimmte. Seit sie sich mit Kevin im Chat traf, war sie kaum noch draußen. Früher ging sie schon mal mit Freunden nachmittags in die Stadt, einfach nur bummeln und Geschäfte angucken. Oder sie hatte im Sommer mit Florian auf der Straße Federball gespielt, oder beide saßen am Rheinufer, zählten die Schiffe und errieten anhand der Flaggen, aus welchem Land sie kamen. Dabei hatten sie immer viel Spaß gehabt.

Aber nun hatte Kevin ihre ganze Aufmerksamkeit.

»Kommst du jetzt?«, fragte Florian noch einmal nachdrücklich.

»Glaub nicht«, gab Susan zurück und steckte die Ohrstöpsel wieder rein.

»Schade«, sagte Florian traurig, »ich hätte mich echt gefreut.«

»Übrigens«, schob Susan nach, »ich habe einen Freund. Und wir gehen bald mal ins Phantasialand.« Sie warf einen Blick zu Florian, der recht nachdenklich und unglücklich neben ihr saß. »Sorry«, sagte Susan und klopfte ihm kumpelhaft auf den linken Oberschenkel, »hab gerade leider wenig Zeit. Vielleicht demnächst mal wieder.«

38

Wolfgang war so aufgeregt, wie noch nie in seinem Leben. Bald würde er das Mädchen seiner Träume persönlich treffen.

Seiner Frau erzählte er, er müsse vom 8. bis 10. September dienstlich nach Köln. Seine Autofirma würde einen Fortbildungskurs für die Verkäufer anbieten, und möchte gerne, dass auch ein Mitarbeiter aus Nürnberg daran teilnimmt. Seine Frau nahm ihm die Geschichte ab, denn es war üblich, dass Mitarbeiter hin und wieder eine Schulung besuchen mussten. Sie wunderte sich nur, dass ihr Mann dabei einen so gut gelaunten und entspannten Eindruck machte, war er doch sonst immer verärgert, wenn die Firma von ihm private Freizeit einforderte.

Über eine Hotelsuchmaschine fand Wolfgang eine kleine preiswerte Pension in der Nähe von Susans Wohnung. Zuviel Geld durfte er nicht ausgeben, zumal ja noch die Autofahrt mit fast neunhundert Kilometern hin und zurück hinzu kam. In der Firma nahm er sich für Donnerstag und Freitag Urlaub. So konnte er Donnerstag hinfahren, sich Freitagnachmittag mit Susan verabreden und am Samstag wieder zurückfahren. Ein perfektes Timing.

Aber wie sollte er bei diesem Treffen vorgehen? Alles musste gut überlegt und geplant werden.

Wolfgang ging viele Versionen durch und verwarf sie sofort wieder. Die alles entscheidende Frage war doch: Wie würde er dem Mädchen vermitteln, dass er sie monatelang getäuscht hatte und es den achtzehnjährigen Kevin gar nicht gibt, sondern nur den fünfundvierzigjährigen Wolfgang? Sollte er sich outen und sagen: »Hallo, ich bin Kevin, leider nicht achtzehn, sondern fünfundvierzig. Ich hoffe, dass macht dir nichts aus.« Würde sie nach diesem Geständnis in sein Auto steigen und mitfahren? Mit Sicherheit nicht. Sie ist zwar naiv und hatte ihm bisher alles geglaubt. Aber wenn sie den Schwindel merkt, dreht sie sicherlich auf dem Absatz um und haut ab. Nüchtern betrachtet war ihm klar, dass sie aus freien Stücken nicht mit ihm ginge.

Also musste er anders vorgehen. Wenn nicht freiwillig, dann mit Gewalt. Aber welche Möglichkeiten boten sich an? Er hatte diesbezüglich keine Erfahrungen. Vielleicht betäuben? Aber womit? Oder einen Sack über den Kopf ziehen? Ihr eins auf den Schädel hauen?

Wolfgang war sich über sein Vorgehen nicht schlüssig. Und wenn er sie ins Auto zerrte, fesselte, den Mund zuklebte, über sie herfiel? Nein! Alle Tatortkrimiszenen schwirrten ihm durch den Kopf.

Sollte er ihr Geld anbieten? Vielleicht hundert oder hundertfünfzig Euro, wenn sie mit ihm in die Pension ginge? Aber das würde auffallen. Auch wenn sie mitgeht, könnte die Wirtin sie beobachten und Fragen stellen. Oder hier im Auto? Das würde sie bestimmt auch nicht machen. Jede Freiwilligkeit und Bereitschaft ihrerseits musste er mit Sicherheit ausschließen.

Immer mehr wurde ihm klar, dass sie nach dem Entdecken des monatelangen Schwindels nicht mit einem unbekannten Erwachsenen gehen würde. Weder für Geld noch für freundliche Worte.

Also blieb letzten Endes doch nur die Gewaltanwendung. Er musste Susan zu seinem Vorhaben zwingen.

In einer Zeitschrift hatte er unlängst gelesen, dass junge Frauen zur Abwehr eines Überfalls oft Pfefferspray in der Tasche mit sich führen.

»Das Pfefferspray«, so stand dort, »ist leicht zu handhaben, wirkt sofort und setzt die angesprühte Person für kurze Zeit außer Gefecht. Er verursacht schmerzhafte Reizungen von Augen, Nasen, Hals und Lungen und schränkt damit die Handlungsfähigkeit und Orientierung ein. Für 4,90 plus Versand können Sie es sofort bestellen.«

Als Hinweis war noch vermerkt, dass der Einsatz bei Menschen nur in Notsituationen als Abwehr bei Angriffen erlaubt sei. »Unbefugtes Benutzen wird als Körperverletzung bestraft.«

Kurzfristig kamen Wolfgang zwar Bedenken, als er an diesen Artikel zurückdachte, aber so kurz vor dem Ziel wollte er nicht aufgeben.

So entschied er sich, das Pfefferspray im Internet zu bestellen. Als das Päckchen zu Hause ankam, hatte seine Frau erstaunt gefragt, was denn das wohl sei. Wolfgang hatte sie beruhigt. Das wären nur Vorsichtsmaßnahmen fürs Geschäft, denn auf einige Filialen wären in letzter Zeit Überfälle verübt worden, und er wolle sich auf alle Fälle schützen.

39

Je näher der Tag kam, an dem sie ihren Kevin treffen würde, desto mehr wuchs Susans Aufregung. Vielleicht sollte sie an ihrem Aussehen noch etwas verändern. Wenn sie in den Spiegel schaute, kam sie sich immer vor wie ein kleines Mädchen. Eine neue Frisur musste her. Der Mittelscheitel, den sie schon seit Langem trug, war nicht mehr zeitgemäß. Das sah inzwischen zu doof aus. Ein schöner Pony, so wie Jenny ihn trug, der machte doch was her. Aber ein Friseurbesuch war nicht gerade billig. Susan überlegte. Oma würde sicher ein paar Euro springen lassen. Also griff sie zum Telefon: »Hallo Oma. Hast du am Donnerstagnachmittag Zeit? Ich hätte Lust, dich mal wieder zu besuchen«, säuselte Susan in den Hörer. Dass Oma sofort begeistert zusagte, war ihr vorher schon klar. Also machte sich Susan mit ein paar Blümchen auf den Weg.

»Aber Kind, das wäre doch nicht nötig gewesen, dass du noch Blumen mitbringst«, empfing Oma sie, »die kosten doch Geld, und so dick hast du es doch auch nicht.«

»Naja«, heuchelte Susan, »ich wollte dir eine Freude machen.«

»Das machst du ja auch Kind. Ich freue mich schon, wenn du mich überhaupt besuchst. Komm rein.«

Susan ließ alle Fragen über Schule, Lernen, Geschwister und wie es so mit den Eltern geht über sich ergehen und mimte die brave Enkelin.

»Nun gut«, sprach Oma nach einer Stunde die erlösenden Worte, »dann will ich dir für deinen lieben Besuch und die Blumen noch ein Taschengeld mit auf den Weg geben.«

»Oma«, flötete Susan, »wie findest du eigentlich meine Frisur? Ich bin jetzt vierzehn und habe immer noch diesen Kinderhaarschnitt. Könntest du mir etwas Geld für den Friseur geben? Weißt du, Mama würde mir das nie geben. Bitte Oma.«

Die alte Dame fuhr sich durch die grauen Haare: »Ja, zum Friseur müsste ich auch mal wieder. Aber gut, was soll denn dein neuer Haarschnitt kosten?«

Susan druckste verlegen herum: »Na, vielleicht dreißig Euro?«

»Dreißig Euro?«, entfuhr es Oma. »Soviel Geld für einen Mädchenhaarschnitt? – Aber gut«, sagte sie nach einer Pause, »du bist ja jetzt eine junge Dame. Du hast mir eine Freunde gemacht, dann will ich dir auch einen Gefallen tun.« Sprachs und zog drei rote Scheine aus ihrem Geldbeutel, den sie in der Küchenschublade versteckt hatte. »Dann lass dir mal eine schöne Frisur verpassen!«

»Danke, Oma, danke, du bist die Beste!« Susan drückte die alte Frau so fest, dass sie aufschrie: »Brich mir nicht noch alle Knochen, Susanne!«

40

»Also bis dann«, sagte Wolfgang, drückte seiner Frau einen flüchtigen Kuss auf die Wange, nahm seine Reisetasche und saß bald darauf in seinem Auto auf der A3 Richtung Köln.

In einer Autobahnraststätte, etwa zweihundert Kilometer vor Köln, hielt er an, um einen Kaffee zu trinken. Seit er in Nürnberg vor über zwei Stunden losgefahren war, steigerte sich seine Erregung, wurde aber auch durch Angstgefühle vor möglichen Folgen immer wieder ausgebremst.

Als er nach der kurzen Pause wieder ins Auto stieg, überlegte er einen Augenblick, ob er nicht wieder umkehren solle. Nur ein Klick im *LINUS-Chat* und Susan war für immer aus seinem Leben verschwunden. Er zögerte.

Nein, er war zu nahe am Ziel, er wollte das jetzt auf alle Fälle durchziehen. Eine teuflische Macht zog ihn weiter.

Er tankte noch einmal voll, dann war er auch schon wieder auf der Autobahn A3 Richtung Frankfurt/Köln.

Nach weiteren zwei Stunden erreichte er die kleine Pension *Zum alten Rheinschiffer* am Rande von Rodenkirchen und parkte sein Auto auf der anderen Straßenseite. »Anreisende Gäste bitte klingeln!«, stand an der Eingangstür auf einem handgeschrieben Zettel, der mit Klebestreifen befestigt war.

Es dauerte eine Weile, bis eine ältere Frau öffnete und ihn willkommen hieß. Wolfgang nahm seine Reisetasche, und während die Wirtin ihn durch einen dunklen Flur begleitete, sagte sie: »Frühstück gibt's von sieben bis neun Uhr. Haben Sie noch einen Wunsch?«

Wolfgang schüttelte den Kopf: »Nein, danke!« Er wollte so wenig wie möglich auffallen und war froh, dass sie ihn nicht nach seinen Personalien und dem Ausweis für die Anmeldung fragte.

Das Gästezimmer war klein und sehr schlicht. Ein Bett, ein Schrank, ein Tisch mit Stuhl und ein kleines Bad. Er zog seine

Jacke aus und legte sich aufs Bett. Wieder überfiel ihn eine innere Unruhe ob dessen, was er vorhatte. Erschöpft schlief er schließlich ein. Als er aufwachte, war es bereits neunzehn Uhr. Er stand auf, verließ die Pension und bestellte sich im gegenüberliegenden Gasthaus ein kleines Abendbrot. Dann ging er wieder in sein Zimmer zurück und setzte sich aufs Bett.

Vielleicht sollte er Susan noch eine SMS schreiben, dass er bei seinem Onkel in Brühl angekommen sei. Nein, er würde bis morgen warten. Da fiel ihm ein, dass er seine Frau noch anrufen müsse. »Bin gut in Köln angekommen!«, sagte er kurz.

»Schön«, erwiderte sie, »dann wünsch ich dir morgen auf der Fortbildung viel Spaß!«

»Naja«, brummte er, »dann bis Samstag. Also gute Nacht.«

Am nächsten Morgen, gleich nach dem Frühstück, machte Wolfgang sich auf den Weg. Seinem Navigationsgerät gab er zunächst den Befehl, Susans Elternhaus anzusteuern. Sie hatte ihm seinerzeit bereitwillig ihre genaue Anschrift gegeben, ihm sogar das Bild des kleinen Einfamilienhauses geschickt. Es waren nur wenige Kilometer von der Pension bis zum Haus der Familie Klaasen, die in einer kleinen Seitenstraße in der Nähe des Rheinufers wohnte.

Wolfgang parkte sein Auto. Es war gegen neun Uhr in der Früh. Alles war ruhig. Langsam ging er in die Straße und unauffällig an Susans Elternhaus vorbei. Hier wohnte sie also. Da oben auf dem schrägen Dach sah er ihr Fenster. Sie hatte ihm auf dem Foto alles genau beschrieben. So wusste er, dass das hintere Dachfenster ihr Zimmer war. Klopfenden Herzens blieb er stehen. Hoffentlich kam jetzt nicht plötzlich Frau Klaasen zur Tür raus und fragte ihn, was er hier wolle. Nichts geschah. Langsam ging er vorbei, schaute in den kleinen Garten und erkannte die Bildmotive, die sie ihm geschickt hatte: Wie sie im Gras saß, mit ihrem Hund spielte, auf einer Decke lag.

Wolfgang schlenderte zurück zum Auto. Dabei sah er sich immer wieder um. Er wollte die Umgebung noch etwas genauer erforschen, bevor er zur Schule fuhr, um sie in der großen Pause auf dem Schulhof zu sehen. Sie hatte ihm gesagt, dass die tägliche Pause um viertel vor zehn beginnt.

So ging er zuerst zum nahe gelegenen Rheinufer, um sich den vereinbarten Treffpunkt anzusehen. Gleich hinter dem Parkplatz führte ein schmaler Weg zwischen hohen Bäumen und Sträuchern hindurch. Dort lag eine Stelle, die weder von der Straße noch vom Rhein aus einzusehen war. Hier würde er am besten mit ihr hinfahren. Das wäre ein geschützter Platz, der von keiner Seite einsehbar war.

Zufrieden fuhr er in die Stadt zur Schule, die ein gutes Stück vom Elternhaus entfernt lag, sodass Susan entweder mit dem Schulbus oder mit der S-Bahn fahren musste. Wolfgang ließ sich von seinem Navi zum Schulhaus leiten, parkte gegenüber dem Pausenhof und wartete.

41

Susan hatte sich riesig auf diesen heutigen Freitag gefreut. Endlich würde sie sich mit Kevin treffen, der schon sieben Monate lang ihr bester Freund im Chat war. Mit keinem anderen Menschen konnte sie so gut reden. Keiner hatte so viel Verständnis für sie. Sie hatte sich noch nie jemanden so offen anvertraut. Er war echt ein Schatz. Ja, sie hatte sich in ihn verliebt. Für niemanden auf der Welt hatte sie mehr Gefühle. Und dass er älter war, empfand sie als Kompliment. Jedes Mal, wenn sie am Telefon seine angenehme warme Stimme hörte, flatterten die sprichwörtlichen Schmetterlinge in ihrem Bauch, war sie total aufgeregt und überglücklich.

Und heute sollte der Tag sein. Die halbe Nacht hatte sie kaum geschlafen. Immer wieder stellte sie sich vor, wie es wohl sein würde, wenn er sie abholt, wie sie dann zusammen wären, vielleicht am Rhein spazieren gehen, auf der Bank unter den alten Bäumen sitzen. Ob er sie dann küssen würde? Noch nie hatte sie so richtig geküsst, also mit Zunge und so. Vielleicht würden sie auch gleich ins Eiscafé nach Rodenkirchen fahren. Und wenn dann Jenny und die andern Tussen vorbeikämen, würden sie ganz schön doof gucken.

Verträumt schaute sie aus dem Klassenfenster. Draußen schien die Sonne und in ihrem Herzen auch.

Oh Mann, erste Stunde wieder diese blöde Berthold mit Englisch. Susan konnte kaum zuhören und wurde natürlich mehrmals zur Mitarbeit ermahnt. Aber heute ließ sie das kalt. Mochte die doofe Kuh doch sagen, was sie wollte.

Zweite Stunde Mathematik. Auch hier rauschten Drei-, Vier- oder Sechsecke spurlos an ihr vorüber. Ob rechtwinklig, gleichschenklig oder wie auch immer, alles war ihr heute völlig egal. Die Zeit verging elend langsam. Herr Detenhöfer fragte sie, ob die Lösungen wohl auf ihrer Uhr stehen, weil sie ständig darauf starrte.

»Nerv nicht«, brummte Susan leise. Als Herr Detenhöfer wissen wollte, was sie da brummelt, gab sie nur lustlos zurück: »Och, nix!«

Dann endlich war große Pause. Nur raus hier, dachte Susan, und lief durch den langen Gang auf den Schulhof. Am Pilz saßen bereits einige Pärchen. Alle Plätze waren besetzt. Also hockte sie sich auf die Sitzblöcke unter dem Lehrerzimmerfenster. Sofort steuerte Jenny auf sie zu: »He, Susan, cool, hast ja eine neue Frisur. Stehst jetzt auch auf Pony? Frage: Gehst du heute Nachmittag mit zum Eis essen ins Capri am Markt?«

»Keine Zeit«, schmunzelte Susan, »heut Nachmittag ist ganz schlecht! Aber vielleicht sieht man sich trotzdem!«

»Triffst dich wohl mit deinem Freund?«, grinste Jenny. »Und deshalb auch das neue Outfit?«

Die platzt gleich vor Neugier aus ihrem allzu engem Shirt, lächelte Susan in sich hinein. »Kann sein«, sagte sie nur, »man wird sehen.«

»Bring ihn doch mit«, schlug Jenny vor, die ihre Wissbegier kaum verbergen konnte.

»Man wird sehen«, wiederholte Susan etwas überheblich, »man wird sehen.«

Susan ahnte nicht, dass zur gleichen Zeit auf der gegenüberliegenden Straßenseite ein Mann im Auto saß und sie intensiv beobachtete.

42

Endlich Schulschluss. Susan raste wie vom Teufel verfolgt durch den hinteren Ausgang. Heute wollte sie die S-Bahn nehmen, das ging schneller als mit dem Schulbus, der an jeder Ecke anhielt. Außerdem musste sie dann nicht wieder Jennys bohrenden Fragen ausweichen.

Frau Klaasen wunderte sich über den Eifer ihrer Tochter. Susan war irgendwie anders als sonst. »Ist was?«, fragte sie erstaunt, als Susan wie ein Wirbelwind herein gebraust kam.

»Nein«, war die Antwort, »ich will nur nach dem Essen mit dem Hund raus.«

Das Essen und was danach folgte, wurde fast zur Formel 1: schnell ein paar Bissen, rauf ins Bad, dann ins Zimmer die neue Jeans anziehen und den engeren Pulli. Dann ein paar Spritzer Parfüm in den Halsausschnitt, etwas Lipgloss aufgetragen und schon war sie wieder unten und rief nach Sammy. Schnell, schnell, ihre Mutter sollte sie jetzt nicht mehr sehen, sonst gab's Fragen, auf die Susan nun wirklich keinen Bock hatte. Kurz darauf fiel die Haustür mit Wucht ins Schloss.

Von ihrem Wohnhaus bis zum Rhein hinunter war es nur eine gute Viertelstunde Fußweg. Damit es schneller ging, hatte sie Sammy an die Leine genommen und zog ihn hinter sich her.

Plötzlich meldete sich ihr Handy. In der Schule musste sie den Klingelton ausschalten, darum vibrierte es nun in ihrer Hosentasche. Susan blieb stehen, zog es heraus und sah, dass eine SMS von Kevin angekommen war. Aufgeregt öffnete sie die SMS und las: »hi, hab mir gestern früh beim joggen den fuß verstaucht, mein onkel holt dich aber mit dem auto am P ab, ich warte hier auf dich, hdgdl, kevin«.

»ok«, tippte Susan zurück und lief weiter in Richtung Parkplatz am Rheinuferweg, der als Treffpunkt ausgemacht war.

Der Platz war von alten Bäumen und höheren Sträuchern eingefasst und von der Straße her nicht einsehbar. An einer Seite war er offen, sodass Autos hineinfahren konnten. Als Susan näher kam, sah sie nur ein einziges Auto dort stehen, wohl ein japanisches Model, silbergrau, das allerdings kein bekanntes Kennzeichen trug.

Normalerweise hatten die Fahrzeuge hier K für Köln oder BN für Bonn. Dieses hatte allerdings ein N.

Weder die SMS noch das Auto mit unbekannter Nummer machten Susan stutzig. Sie hatte wirklich alle Warnungen außer Acht gelassen, die sie so besessen war von dem Gedanken, endlich den langersehnten Chatfreund persönlich kennenzulernen.

43

Wolfgang war an diesem Vormittag so lange auf der Straße neben dem Schulhof stehen geblieben, bis das Gongzeichen die Schüler wieder aus der Pause rief. Ja, er hatte Susan gesehen, dieses große schlanke Mädchen, das die langen dunkelbraunen Haare zu einem Pferdeschwanz zusammengefasst hatte und mit einem anderen Mädchen unter einem großen Fenster die Pause verbrachte.

Als das große Schulhaus alle Schüler wieder in sich aufgenommen hatte und Ruhe auf dem Pausenhof eingekehrt war, stieg Wolfgang ins Auto und fuhr in die Richtung, in der Susans Elternhaus lag. Heute früh war er an dem Restaurant *Peters Brauhaus* vorbeigefahren, da wollte er über Mittag etwas essen und auf das Treffen warten.

Das Essen war nicht nur schmackhaft, sondern auch noch preiswert. Es hätte ihm vielleicht noch besser geschmeckt, wenn da nicht die langsam stärker werdende Nervosität gewesen wäre.

Bis fünfzehn Uhr hatte Wolfgang noch etwas Zeit. Er aß langsam, sah sich immer wieder um und hatte das Gefühl, dass jeder in *Peters Brauhaus* sein Vorhaben spürte. So versuchte er, sich möglichst unauffällig zu verhalten. Fünfzehn Minuten vor drei Uhr nahm er sein Handy und tippte die SMS für Susan ein. Dann zahlte er, stieg ins Auto und fuhr auf den vereinbarten Parkplatz.

Nach zehn Minuten sah er das Mädchen kommen. Sie wurde von einem Hund begleitet. Der war zwar nur klein, aber so etwas hatte er nicht einkalkuliert. Er musste wohl oder übel das Tier akzeptieren, sonst würde sie womöglich noch Zicken machen. Vielleicht konnte er den Hund später irgendwo rauslassen.

Als Susan, dieses große schlanke Mädchen mit den jetzt offenen schulterlangen Haaren, der engen Jeans und dem Pulli, in dem sich ihre mädchenhaften Runden deutlich abzeichneten, langsam näher kam, wurde Wolfgang ganz kirre. Jetzt durfte er keinen Fehler mehr machen.

Er ließ die rechte Seitenscheibe des Autos herunter und rief ein freundliches: »Hallo, bist du Susan? Ich bin Kevins Onkel. Hast du die SMS von Kevin bekommen? Er hat sich leider beim Joggen den Fuß verstaucht. Ich soll dich abholen. Er wartet schon und macht einen super Cappuccino, den magst du doch so gern.«

»Hi«, sagte Susan verlegen und trat näher, »danke, das find ich aber nett von Ihnen, dass sie mich abholen.«

»Kein Problem«, sagte der Fremde lächelnd, »komm steig ein!«

»Aber der Hund muss mit.« Susan zog Sammy näher an sich heran.

»Muss das sein?«, brummte der Mann im Auto, und Susan hatte das Gefühl, dass ihm das nicht recht war.

»Der ist ganz brav«, gab sie entschuldigend zurück.

Ein bisschen unwirsch öffnete der Mann die Beifahrertür und brummte: »Wenn's sein muss, dann komm!«

Susan löste Sammy von der Leine und setze ihn unten in den Fußraum, dann stieg auch sie ein. Der Mann mochte etwa vierzig bis fünfzig Jahre alt sein, drehte kurz den Kopf zur Seite, sah sie mit einem seltsam durchdringenden Blick an und versuchte ein Lächeln.

Einen Augenblick wurde es Susan unheimlich. Sie dachte wieder ans Aussteigen und wartete deshalb noch mit dem Anlegen des Sicherheitsgurtes.

Der Fremde ließ den Motor an und fuhr los.

44

Frau Klaasen befiel ein ungutes Gefühl. Zu schnell war Susan mit Sammy auf und davon. Das war nicht Susans Art. Meist schaute sie nochmal in die Küche, um Tschüss zu sagen. Seit sie heute aus der Schule gekommen war, wirkte sie hektisch und unkonzentriert. Irgendwas hatte sie vor. Frau Klaasen konnte sich das Verhalten ihrer Tochter nicht erklären, zumal sie auch keine Gelegenheit zur Nachfrage gehabt hatte. Sie hatte nur noch die Haustür zufallen gehört. Wer weiß, vielleicht wollte sie sich mit einer Freundin treffen.

Michl stolperte in die Küche. »Ist die Kleine schon weg?«, fragte er gereizt.

»Ja, Susanne ist gerade zur Tür raus. Warum?«

»Sie hat oben im Bad einen Saustall hinterlassen. Alles steht und liegt rum. Das ganze Weiberzeug: Lipgloss, Schminke, irgendwelche Riechwässerchen, ihre Jeans, der gestreifte Pulli, die alten Turnschuhe. Wo ist die denn hin?«

»Ich weiß es nicht«, beschwichtigte seine Mutter die Schultern zuckend, »sie wollte mit dem Hund weg. Ach, übrigens, bei dir sieht's oft auch nicht besser aus. Wenn du vom Sport kommst, fliegt auch alles im Bad rum.«

Michl brummte etwas Unverständliches und verließ ebenfalls das Haus. Frau Klaasen setzte sich nachdenklich auf einen Küchenstuhl.

Dass ihre Tochter so plötzlich das Haus verlassen und sich vorher noch umgezogen und geschminkt hatte, schien ihr mehr als merkwürdig.

Das ungute Gefühl verstärkte sich weiter. Was hatte Susanne nur vor? Eigenartig. Sie stand auf, ging nach oben ins Bad und begann nachdenklich die Sachen ihrer Tochter wegzuräumen.

45

Nun saß sie neben ihm: seine *sweet-susan* und ahnte nicht, auf welche Gefahr sie sich eingelassen hatte. Beide schwiegen, denn keiner wusste so richtig, was er sagen sollte. Dabei hätte Wolfgang, alias Kevin, so viel zu sagen gehabt, sie gern in den Arm genommen, geküsst. Aber einerseits musste er sich zurückhalten und andererseits auf sein Vorhaben konzentrieren.

Den Weg, den sie nun vom Parkplatz aus nahmen, führte ein Stück hinter dem Rheinuferdamm entlang. Wolfgang hatte sich heute früh alles genau angeschaut.

Eine Gruppe großer alter Bäume und dichtes mannshohes Gestrüpp lagen zwischen einem kleinen Feldweg und der Straße. Die nächsten Häuser waren über fünfhundert Meter weit entfernt.

Noch bevor sie den bewaldeten Teil verlassen hatten, trat Wolfgang unbemerkt ein paar Mal ruckartig aufs Gaspedal, sodass das Auto einige unkontrollierte Hopser machte.

»Verflucht«, rief er, »das hat mir gerade noch gefehlt!« und stoppte den Wagen neben einer hohen Hecke.

Erschrocken sah Susan ihn an.

»Moment, das haben wir gleich. Manchmal spinnt die Zündung«, sagte er. Dann griff er blitzschnell in seine Hosentasche, holte das Pfefferspray heraus, zielte in die Richtung von Susans Gesicht und drückte zweimal auf den Sprühknopf.

Eine Wolke ätzenden Gases schoss wie eine Fontäne heraus. Susan schlug sich blitzschnell die Hände vor die Augen und schrie: »Scheiße, was ist das denn? Was machen Sie da? Oh Mann, das brennt so! Was ist denn das?«

In der Hektik und der Aufregung hatte Wolfgang nicht bemerkt, dass die Öffnung des Sprühkopfes nicht auf Susan, sondern in das Wageninnere gerichtet war. Zudem hatte er nicht bedacht, dass das Gas bei geschlossenen Fenstern auch ihn verletzen könnte. In Sekundenschnelle füllte das Gas den ganzen

Wageninnenraum, sodass auch Wolfgang davon getroffen wurde.

Susan versuchte panisch, die Autotür zu öffnen. Gott sei Dank hatte sie sich noch nicht angeschnallt. Brennender Schmerz und ein heftiger Tränenfluss ließen sie die Augen geschlossen halten. Wolfgang erging es in diesem Moment nicht anders. Er versuchte Susan, die sich abwechselnd die Hände krampfhaft vors Gesicht hielt, und gleich darauf wild um sich schlug, festzuhalten und am Aussteigen zu hindern.

In panischer Angst und Verzweiflung suchte Susan nach dem Türgriff, um aus dem Wagen zu entkommen. »Lassen Sie mich los!«, schrie sie und stieß Wolfgang heftig zurück. Sammy, der kleine Hund, bellte um sein Leben.

»Hier geblieben!«, schrie Wolfgang und packte Susan fester, die eine Hand krampfhaft vor ihre Augen hielt und mit der anderen Hand die Türöffnung suchte. Plötzlich gelang es ihr, die Tür zu öffnen und sich rausfallen zu lassen. Wolfgang war ebenfalls blitzschnell ausgestiegen, um das Auto herumgelaufen und bekam Susan, die sich wieder aufrichten wollte, gerade noch zu packen.

Er warf sich mit seinem ganzen Körpergewicht auf sie und hinderte sie daran wegzulaufen. Susan wehrte sich mit allen Kräften gegen den immer brutaler werdenden Mann.

Wolfgang versuchte ihre Arme festzuhalten und fauchte wütend: »Sei still, sonst passiert noch mehr!« Er drückte sie dabei fest zu Boden. »Keine Zicken, sonst bist du tot!«

Susan bekam Todesangst.

»Wenn du tust, was ich dir sage, passiert dir nichts.«

Susans Augen und das ganze Gesicht brannten wie Feuer und sie spürte einen starken Hustenreiz. Alles tat furchtbar weh. Sie verstand nicht, was das alles sollte, begann aber zu ahnen, was der Kerl vorhatte.

Sie versuchte zu schreien, was aber in einem heftigen Hustenanfall unterging. Ihre Stimme war wie gelähmt. Sie spürte plötzlich ihre Hilflosigkeit und merkte, dass ihre Kräfte durch dieses verdammte Sprayzeug und den ungleichen Kampf nachließen.

Völlig überrumpelt und fast blind konnte sie gegen diesen Mann nichts unternehmen. Nur Sammy, der kleine Hund, kämpfte den Kampf seines Lebens. Er sprang wie wild umher, bellte und versuchte den Mann, der sein Frauchen bedrohte, durch Anspringen und Beißen von seinem Vorhaben abzubringen.

»Scheiß Köter! Hau ab!«, fluchte Wolfgang und trat mit dem Fuß nach Sammy. Dass er nun auch noch einen Hund abwehren musste, und selbst vom Pfefferspray betroffen war, damit hatte er nicht gerechnet.

Wolfgang kniete sich mit seiner ganzen Körperkraft auf das Mädchen, um es festzuhalten.

Verzweiflung, Hilflosigkeit und Todesangst hatten von Susan Besitz ergriffen. Wollte dieser Fremde sie vergewaltigen und dann umbringen? Jede Gegenwehr erschien ihr zwecklos.

Auch Sammy hatte wohl den Kampf aufgegeben, denn das Bellen war verstummt.

Wolfgangs Augen brannten und Tränenfluss beeinträchtigten seinen Blick. Als er merkte, dass Susan keinen Widerstand mehr leistete, ließ er einen Augenblick von ihr ab und setzte sich neben sie ins Gras. Sein Herz raste wie wild.

Diesen Augenblick nutzte Susan, nahm all ihre Kraft zusammen, sprang auf und stolperte zwischen den Sträuchern hindurch. Sie strauchelte, fiel zu Boden und kroch, so schnell es möglich war, auf allen Vieren weiter. Nur fort, einfach fort. Leider hatte sie jegliche Orientierung verloren und konnte die Umgebung nur schemenhaft wahrnehmen. Als sie das Gefühl hatte, weit genug vom Tatort entfernt zu sein, blieb sie zusammengekauert auf dem Boden hocken, in der Hoffnung, dass dieser Kerl sie nicht finden würde. Immer wieder versuchte sie das Husten zu unterdrücken, denn das Gas reizte die Atemwege. Sie lauschte. Alles war ruhig. Nur das leise Tuckern der Rheinschiffe unterbrach die Stille.

Susan griff nach ihrem Handy in der Hosentasche. Weil immer noch der Tränenschleier ihre Sicht behinderte, drückte sie auf die Kurzwahltaste und traute ihren Ohren nicht. In einiger Entfernung hörte sie einen Klingelton.

46

Frau Klaasen wunderte sich, als sie plötzlich Sammys lautes Bellen hörte. Sollte Susanne zurück sein? Als das Bellen gar nicht aufhören wollte, öffnete Frau Klaasen die Haustür. Da sprang ein völlig verstörtes Hündchen auf und ab und konnte sich kaum noch beruhigen.

»Sammy, was ist denn?«, rief Frau Klaasen. »Wo hast du Susanne gelassen?«

Der kleine Hund sprang weiter wie wild umher. »Ist was mit Susanne? Mein Gott!« Frau Klaasen spürte instinktiv, dass etwas nicht stimmte. »Susanne«, rief sie laut, »Susanne, wo bist du?« Sie ergriff die Haustürschlüssel und rannte auf die Straße. »Wo ist Susanne, Sammy, zeig's mir. Zeig mir, wo Susanne ist!«

In dem Augenblick kam Susans Bruder Michl mit dem Fahrrad heim: »Was geht denn hier ab? Hat die Kleine Scheiße gebaut?«

»Red nicht so blöd und hilf«, rief Frau Klaasen verärgert, »irgendwas muss passiert sein, weil Sammy sich so aufführt und Susanne nicht bei ihm ist.«

»Schalt mal 'nen Gang runter.« Michl wollte cool wirken, wenn es um seine jüngere Schwester ging, obwohl er am Verhalten seiner Mutter spürte, dass etwas nicht normal war. Seine Mutter hatte bei fünf Kindern meist die Ruhe weg. Aber dieses Mal wirkte sie seltsam fahrig.

»Ok, ich mach mich mal mit dem Rad auf die Suche. Komm, Sammy«, rief er und schwang sich wieder auf sein Rad, »zeig mir, wo Susan ist.«

Michl fuhr Richtung Rheinuferweg und hielt nach allen Seiten Ausschau. Sammy rannte laut bellend mal vor ihm her, mal neben ihm.

47

Wolfgang hatte sein Ziel nicht erreicht. Er war selbst Opfer seiner absurden Tat geworden. Nun saß er da, ebenfalls vom Pfefferspray gezeichnet und Susan war entkommen. Ihr nachzulaufen und sie zurückzuholen war nicht ratsam.

Er musste so schnell wie möglich den Tatort verlassen, obwohl seine Augen immer noch brannten und Tränen seine Sicht beeinflussten.

Als plötzlich sein Handy in der Hose zu klingeln begann, wusste er, dass sie ihn erkannt hatte.

Er ging zum Auto und fuhr vorsichtig zurück in die Pension. Er musste so schnell wie möglich weg von hier. Bald würde Susan zu Hause sein oder sie würden sie finden, und dann könnte sie eine genaue Personenbeschreibung abgeben.

Außerdem konnten sie ihn sicherlich auch über Susans PC ausfindig machen. Ihm wurde klar, dass dies nur eine Frage der Zeit war.

48

Als Susan den Klingelton in ihrer unmittelbaren Nähe hörte, wusste sie, dass dieser Kerl kein anderer war als ihr Chatfreund Kevin. Oh Mann. Monatelang hatte er sie verarscht, ihr Vertrauen missbraucht und jetzt wollte er sie sogar vergewaltigen.

Immer noch handlungsunfähig und geschockt saß sie in ihrem Versteck. Eine unheimliche Stille ruhte über der ganzen Szene. Susan zitterte vor Angst und Kälte. Ihr Schädel brummte. Sie versuchte ihre Gedanken, die wild in ihrem Kopf umherschwirrten, zu ordnen: Kevin, der Onkel, das Auto, der brennende Schmerz im Gesicht, der Kampf zwischen ihr und dem Mann.

Vorsichtig richtete sie sich auf und lauschte. Außer den Schiffsgeräuschen vom nahen Rhein war alles ruhig.

Dann hörte sie, wie der Motor eines Autos gestartet wurde. Sie lauschte noch eine Weile, bis das Geräusch sich entfernt hatte.

Ihr Peiniger schien fort zu sein. Sie versuchte die Augen zu öffnen. Die Wirkung des Gases hatte etwas nachgelassen.

Mühsam richtete sie sich auf, lauschte und setzte sich wieder ins Gras. Wie lange sie so da saß, wusste sie nicht. Plötzlich hörte sie von Weitem Sammys vertrautes Bellen.

49

Michl war mit dem Rad die Straße hinunter Richtung Rheinufer gefahren. Sammy hielt tapfer mit und sprang immer noch aufgeregt meist vorne weg. »Wo ist Susan, zeig's mir!«, rief Michl immer wieder.

Sammy rannte auf die Gruppe alter Bäume und das dichte mannshohe Gestrüpp zu, das zwischen der Straße und dem kleinen Feldweg lag. Er schlug noch einen Bogen hinter den Feuerdorn und sprang übermütig vor Freude auf Susan zu.

Als Michl um die Ecke kam, bot sich ihm ein Bild des Elends. Seine Schwester hockte vorn übergebeugt, den Kopf auf den Knien, im Gras.

»He, Sis, was ist los mit dir? Wie schaust du denn aus?«

»Scheiße!«, röchelt Susan mühsam, »du hast mir gerade noch gefehlt. Aber«, sagte sie nach einer kurzen Pause, »find ich gut, dass du da bist.«

»Was geht denn hier ab?«, wollte Michl wissen.

»Das ist eine lange Geschichte«, sagte Susan mühsam. Dann kippte sie nach hinten und wurde ohnmächtig.

Michl griff zu seinem Handy, um seine Mutter anzurufen. »Ich hab sie gefunden. Ich weiß aber nicht, was mit ihr ist. Am besten rufst du einen Krankenwagen.«

Als Frau Klaasen hörte, dass Michl seine Schwester gefunden hatte, war sie im ersten Moment erleichtert. Dann wählte sie die 112.

50

Susan räusperte sich und wollte ihre Augen öffnen, merkte aber, dass diese verbunden waren. »Sie wird wach«, hörte sie eine vertraute Stimme sagen. »Was machst du denn für Sachen, Liebes?« Susan erkannte die Stimme ihrer Mutter.

»Wo bin ich?«, fragte Susan mühsam und griff an den Verband, der die Augen bedeckte. Das Sprechen tat ihr weh. Der ganze Hals schmerzte.

»Im Krankenhaus«, sagte ihre Mutter leise und strich ihr über den Kopf.

»Was ist passiert?«, wollte Susan wissen.

»Ich dachte, das kannst du uns erzählen«, sagte Frau Klaasen mit ruhiger Stimme, »du hast eine Augenverletzung. Vermutlich durch Pfefferspray. Und dein ganzes Gesicht ist mit roten Flecken übersät.«

Langsam tauchten die schrecklichen Bilder wieder vor ihr auf: Kevin, der Onkel, das Auto, der plötzliche Überfall, der ungleiche Kampf mit diesem brutalen Kerl, Sammys Bellen. Oh, mein Gott! War das Traum oder Wirklichkeit? Nein, das hatte sie nicht geträumt. Das war alles Wirklichkeit. Schrecklich wahre Wirklichkeit!

»Ich weiß nicht«, sagte Susan leise, »es war so schrecklich. Ich will nur schlafen.«

»Lassen Sie ihr Zeit«, hörte Susan eine fremde Stimme sagen, »sie wird es noch erzählen. Sie braucht erst einmal Ruhe.«

Danke, dachte Susan, ich will am liebsten an gar nichts denken.

Sie konnte und wollte es nicht erzählen, noch nicht jedenfalls. Dazu war alles zu frisch. Sie musste selbst das ganze Geschehen verarbeiten. In ihr Schamgefühl mischte sich auch das Gefühl der eigenen Schuld. Warum war sie darauf reingefallen? Warum war sie nicht vorsichtiger gewesen? Sie hätte es doch wissen müssen. Fragen über Fragen vermischt mit heftigen

Vorwürfen. Ihr wurde immer klarer, dass sie in eine böse Falle geraten war.

Es gab keinen coolen Kevin, der sie liebte und jedes Verständnis der Welt für sie aufbrachte. Das war allein dieser erwachsene Kerl, der wohl von Anfang an alles geplant, ihr Vertrauen ausgenutzt hatte, um sie schließlich zu missbrauchen. Aber Gott sei Dank war es zu keiner Vergewaltigung gekommen, obwohl er es beinahe geschafft hätte.

Sie wollte nur noch schlafen und am besten gar nicht mehr aufwachen. Alles in ihr war zerstört. Nicht nur ihre Augen und ihr Gesicht brannten. Auch in ihrer Seele brannte ein Feuer.

Wie würde ihr weiteres Leben aussehen? Wie würde es sein, wenn sie wieder zu Hause ist und in die Schule gehen muss? Wie sollte sie ihren Freunden gegenübertreten? Was sollte sie sagen? Nichts würde mehr so sein wie früher. Ihr ganzes Gefühlsleben hatte sie vor diesem abscheulichen Kerl, diesem Schwein, ausgebreitet, bis in den letzten Winkel ihrer Seele hatte er schauen dürfen. Und nun hätte er beinahe auch noch ihren Körper genommen. Nein, das würde sie nie vergessen können. Sie hatte Kevin geliebt, nun aber hasste sie ihn und würde nie mehr einen Menschen so nahe an sich heranlassen.

Eine unbeschreibliche Angst überfiel sie bei dem Gedanken, dass sie diesem Kerl wieder begegnen könnte. Er hatte sie nicht vergewaltigt. Aber vielleicht lauerte er ihr wieder auf, um nachzuholen, was er beim ersten Mal nicht geschafft hatte.

Gar nicht mehr aufwachen oder ganz weit weg sein, waren Susans letzte Gedanken. Dann fiel sie durch die Wirkung der Beruhigungsspritze in einen langen tiefen Schlaf.

51

Frau Klaasen gab am Abend noch eine Strafanzeige bei der Polizei in Rodenkirchen auf. Die Ärzte im Krankenhaus vermuteten einen sexuellen Missbrauch. Alle Anzeichen würden darauf hindeuten. Der Täter musste gefasst und zur Rechenschaft gezogen werden.

Die Polizisten auf der Wache nahmen die Angelegenheit sehr ernst. Kriminalhauptkommissar Kübler wollte gerade seinen Dienst beenden und nach Hause gehen, als Frau Klaasen aufgeregt die Wache betrat, um Anzeige zu erstatten. Er zog seine Jacke wieder aus, hängte sie über den Stuhl und bat die erregte Frau in sein Büro. »Bitte beruhigen Sie sich und erzählen Sie mir, was passiert ist.«

Die besonnene Art des Kriminalbeamten tat Frau Klaasen gut, und sie berichtete in kurzen Sätzen, was sich ihrer Meinung nach am Rheinufer abgespielt hatte, denn ihre Tochter könne sich zu dem Vorfall noch nicht äußern. Sie müsse noch eine Nacht zur Beobachtung in stationärer Behandlung bleiben.

Kriminalhauptkommissar Kübler hörte aufmerksam zu und machte sich in einem kleinen Heft ein paar Notizen. »Wir werden sofort alles in die Wege leiten, um der Sache nachzugehen und den Täter zu finden. Wie alt ist ihre Tochter denn?«

»Susanne ist gerade vierzehn geworden«, sagte Frau Klaasen, »spielt das Alter für Ihre Ermittlungen eine Rolle?«

»Natürlich«, entgegnete der Polizist, »das Strafrecht schützt die sexuelle Selbstbestimmung von Kindern und Jugendlichen mit einem abgestuften System. Wäre Ihre Tochter Susanne unter vierzehn Jahren, dann sind alle sexuellen Handlungen grundsätzlich verboten und strafbar. Selbst wenn dieser Kerl ihr einen Zungenkuss gegeben hätte, wäre das gesetzwidrig.«

»Und wie ist das ab vierzehn Jahren?« Frau Klaasen beugte sich vor und sah den Kriminalhauptkommissar interessiert an.

»Zwischen vierzehn und sechzehn Jahren ist selbst einvernehmlicher Sex strafbar, wenn der Täter älter als einundzwanzig ist und, wie es im Gesetz heißt, die fehlende Fähigkeit des Opfers zur sexuellen Selbstbestimmung ausnutzt.«

»Aber wenn …«, setzte Frau Klaasen zur weiteren Information an.

»Jugendliche Beziehungen fallen nicht darunter«, ergänzte der Kommissar, der Frau Klaasens Frage geahnt hatte. »Also Jugendliche untereinander dürfen Sex haben?«, wollte Frau Klaasen wissen.

»Ja. Die wenigstens kennen sich hier aus, auch was die Verhütung anbelangt. Leider!«

»Mir stellt sich noch die Frage, wie das denn bei jungen Leuten zwischen sechzehn und achtzehn geregelt ist. Ich habe nämlich fünf Kinder: zwei Mädchen und drei Jungen.«

»Achso«, grinste Herr Kübler und nickte verständnisvoll, »wenn Jugendliche über sechzehn Jahre alt sind, geht der Gesetzgeber davon aus, dass sie eigenverantwortlich über ihre sexuellen Kontakte entscheiden können. Strafbar sind nur Handlungen, wenn sie vom Täter unter Ausnutzung einer Zwangslage verübt werden. Aber, Frau Klaasen,« sagte er nach einer kurzen Pause, »wir von der Polizei werden alles tun, um die Sache schnell aufzuklären und den Kerl, der Ihrer Susanne das angetan hat, zu finden. Ich werde gleich eine Fahndungsmeldung an Rundfunk und Fernsehen herausgeben. Irgendeiner hat immer etwas beobachtet. Wir werden allen Angaben aus der Bevölkerung nachgehen.«

Kriminalhauptkommissar Kübler stand auf und reichte Frau Klaasen zum Abschied die Hand. »Wir schicken morgen früh eine Kollegin zur Befragung ihrer Tochter. Vielleicht bekommen wir eine genaue Täterbeschreibung und können ein Phantombild erstellen. Susanne hat den Täter ja sicherlich gesehen.«

Während er seine Jacke wieder anzog, fragte er plötzlich: »Wieso hat sich Ihre Tochter denn mit dem Kerl am Rheinuferweg getroffen?«

»Ich glaube, das war eine Bekanntschaft aus dem Chat«, sagte Frau Klaasen etwas kleinlaut, »von der wir nichts wussten.«

»Verstehe«, brummte der Kommissar, »also Cyber-Grooming.«

»Cyber-Grooming?« Frau Klaasen blickte den Polizisten fragend an.

»Ja, grooming nennt man das sexuelle Belästigen von Kindern und Jugendlichen im Internet. Zu deutsch würden wir groom übersetzen mit striegeln oder streicheln. Also Cyber-Grooming würde Internetstreicheln bedeuten. Die Täter versuchen zuerst das Vertrauen der Jungen oder Mädchen zu gewinnen, um sie dann im Internet sexuell zu belästigen und später während eines Treffens zu missbrauchen.«

»Und auf so was ist meine Susanne reingefallen. Sie ist doch sonst immer so clever«, seufzte Frau Klausen.

Kriminalhauptkommissar Kübler zuckte mit den Schultern und dachte sich seinen Teil.

52

Wolfgang war in die Pension *Zum alten Rheinschiffer* zurückgefahren. Er musste aufpassen, dass ihn niemand in seinem Zustand sehen konnte und schlich in sein Zimmer. Dort wusch er sich, legte sich aufs Bett, schloss die Augen und ein Gefühl der Angst überkam ihn. Sie hatte ihn gesehen. Sie wusste nun, dass er nicht Kevin war, und welche Absichten er die ganze Zeit verfolgt hatte. Er malte sich aus, welche Folgen nun auf ihn zukämen, wenn sie ihn schnappen würden. Aber vielleicht konnte er doch entkommen. Auf alle Fälle musste er schnellstens weg von hier.

Als er nach einer Weile wieder einigermaßen sehen konnte, ging er in den Flur und drückte auf die Klingel im Eingangsbereich.

Die Wirtin wunderte sich, als ihr Gast um die Rechnung bat. »Sie wollten doch bis morgen bleiben«, sagte sie, »aber zahlen müssen Sie trotzdem noch die folgende Nacht, weil Sie die gebucht haben.«

»Mir ist etwas dazwischen gekommen.« Wolfgang versuchte ruhig zu wirken, was ihm aber nicht gelang.

Der Wirtin fiel auf, dass ihr Gast rote nasse Augen mit Flecken im Gesicht hatte, seine Hände zitterten und seine Kleidung von Erde verschmutzt war und Grasflecken aufwies.

»Ist alles in Ordnung?«, erkundigte sich die Wirtin besorgt.

»Ja, ja«, sagte er, als er ihren fragenden Blick sah, »ich hatte einen Unfall.«

Nachdem er bezahlt hatte, ging er ins Zimmer, warf die wenigen Sachen in seine Reisetasche, stieg ins Auto und war bald darauf auf der A3 Richtung Frankfurt. Am nächsten Parkplatz fuhr er allerdings raus, denn die Augen brannten doch heftiger, als er sich eingestehen wollte. In der Rasthaustoilette versuchte er, die Augen nochmals mit Wasser auszuspülen und legte sich in sein Auto.

Leider war alles anders gekommen, als er es sich gewünscht hatte. Vor allem, dass der Pfefferspray-Anschlag auf Susan auch ihn treffen würde, wäre ihm nie in den Sinn gekommen. Er war wirklich sehr naiv und unbedacht vorgegangen.

Er bedauerte seine Vorgehensweise zutiefst, konnte sie aber nicht mehr ungeschehen machen. Eine dunkle Macht, eine sexuelle Begierde, hatte ihn getrieben.

Nach einer guten Stunde Pause machte sich Wolfgang wieder auf den Weg. Trotz Schmerzen und leichter Sehbehinderung setze er seine Heimfahrt, immer wieder von Pausen unterbrochen, fort.

Je weiter sich die Kilometer zwischen ihn und den Tatort schoben, umso mehr versuchte er, das Geschehen abzuschütteln. Niemand, so redete er sich ein, könne ihn finden und ihm irgendetwas nachweisen.

Wenige Kilometer vor dem Frankfurter Kreuz holte ihn dann plötzlich die Radiomeldung von hr3 wieder schlagartig in die Wirklichkeit zurück:

»Die Polizei bittet um Ihre Aufmerksamkeit! Heute Nachmittag wurde in Rodenkirchen bei Köln ein vierzehnjähriges Mädchen von einem Unbekannten niedergeschlagen. Es besteht der dringende Tatverdacht einer sexuellen Nötigung. Das Mädchen befindet sich zurzeit im Krankenhaus. Der Täter ist flüchtig. Es soll sich um einen zirka vierzig bis fünfzig Jahre alten Mann handeln, der einen silbergrauen Wagen eines japanischen Herstellers, vermutlich mit einem Nürnberger Kennzeichen, fährt. Wer hat Beobachtungen gemacht? Sachdienliche Hinweise nimmt jede Polizeidienststelle entgegen.«

»Verdammt, jetzt kriegen sie mich doch noch!«, fluchte Wolfgang. Dann trat er aufs Gas und fuhr weiter nach Hause zu seiner Frau, seinem Sohn und seinem brav bürgerlichen Leben.

53

Es gehörte zu den alltäglichen Gewohnheiten der Wirtin der Pension *Zum alten Rheinschiffer,* sich abends um zehn vor sieben in der *Aktuellen Stunde* des WDR-Fernsehens über das Tagesgeschehen zu informieren. So auch an diesem Abend. Während sie Servietten für das Frühstückbüffet faltete, hörte sie plötzlich, dass heute Nachmittag ein junges Mädchen in Rodenkirchen von einem vierzig- bis fünfzigjährigen Mann überfallen und missbraucht worden sei.

Sogleich fiel ihr der Gast ein, der nachmittags so ungewöhnlich hektisch ihre Pension verlassen hatte. Die Beschreibung könnte zutreffen. Außerdem war sein Gesicht auffällig gerötet, seine Kleidung verschmutzt und sein Verhalten recht merkwürdig, so, als wenn er etwas angestellt hätte, vor dem er fliehen müsse. Sie legte die Servietten aus der Hand und dachte nach. Leider hatte sie keinen Anmeldezettel von ihrem Gast verlangt. Es wäre jedoch ihre Pflicht gewesen. Sie wollte das Geld für die beiden Übernachtungen nicht verbuchen, sondern als Schwarzgeld in die eigene Tasche stecken. Und wenn sie den Kerl jetzt anzeigte, würde sie vielleicht Ärger mit dem Finanzamt bekommen. Sie nahm die Arbeit wieder auf und faltete weiter Frühstücksservietten. Nach einer Weile allerdings legte sie unschlüssig die Servietten zur Seite und überlegte. Konnte sie einen Verbrecher einfach laufen lassen? Sie schob die Papiertücher auf die Seite und griff zum Telefon. Die Nummer der Polizei hatte sie immer griffbereit, falls in ihrer Pension etwas passierte.

»Polizeistation Rodenkirchen, Polizeiobermeister Wittmann«, sagte eine sachlich klingende Stimme.

»Hier ist Schmitz von der Pension *Zum alten Rheinschiffer*. Sie suchen doch den Mann, der das Mädchen überfallen hat. Ich glaube, der hat bei mir übernachtet.«

»Moment bitte«, sagte Beamte, und Frau Schmitz hörte, wie er mit einer anderen Person sprach. »Wir schicken gleich den zuständigen Ermittler vorbei! Vielen Dank für den Hinweis, Frau Schmitz«, sagte die Stimme und legte auf.

Einige Zeit später parkte ein dunkler Wagen der Kölner Kriminalpolizei vor der Pension.

»Sie hatten also einen Gast, auf den die Beschreibung passt?« Kriminalhauptkommissar Kübler, der zum zweiten Mal den Versuch unternommen hatte, nach Hause zu gehen, saß jetzt der Pensionswirtin gegenüber und sah sie über den Rand seiner Brille prüfend an. »Dann haben Sie doch sicher seine Personalien.«

Frau Schmitz rutschte auf ihrem Stuhl verlegen hin und her. »Leider nicht, Herr Kommissar, ich habe …«

»Sie haben das Geld für die Übernachtung ohne Anmeldung eingesteckt. Verstehe. Ich kann Sie beruhigen. Wir sind nicht das Finanzamt. Dann erzählen sie bitte mal, was sie wissen.«

»Naja, der Mann war zwischen vierzig und fünfzig Jahre alt, wollte bis morgen bleiben, tauchte aber heute gegen sechzehn Uhr sehr aufgeregt und mit verschmutzter Kleidung hier auf und verlangte die Rechnung.«

»Haben Sie Besonderheiten feststellen können?«

»Er hatte überall im Gesicht so rote Flecken. Auch seine Augen waren auffällig rot und verwässert.«

»Aja, und welches Auto fuhr er? Haben Sie das Kennzeichen gesehen?«, wollte der Beamte wissen.

Frau Schmitz strich sich mit einer Hand durchs Haar: »Ich glaube, es war ein ausländisches Fahrzeug. Vielleicht ein Japaner. Ich habe da nicht so genau drauf geachtet.«

»Welche Farbe hatte er denn? Konnten sie das Kennzeichen sehen?«

»Es war, glaube ich, ein helles Fahrzeug, und das Kennzeichen war nur ein Buchstabe. M oder N.«

»Hat der Mann einen Dialekt gesprochen?«

»Ja, ich glaube schon.«

»Können Sie den Dialekt irgendeiner Gegend zuordnen?«

»Vielleicht war es fränkisch«, überlegte Frau Schmitz.

Kriminalhauptkommissar Kübler hörte aufmerksam zu und schrieb sich wieder ein paar Notizen in sein kleines Büchlein. »Ist Ihnen sonst noch etwas aufgefallen?«

»Nein, ich wusste ja nicht …«

»Schon gut, Frau Schmitz, Sie haben uns sehr geholfen.« Der Kommissar stand auf. »Ich möchte Sie nur noch bitten, morgen Vormittag ins Kommissariat zu kommen. Nachdem Sie den Mann gesehen haben, können Sie uns sicherlich helfen ein Phantombild anzufertigen. Mit den Informationen über das Auto, das mögliche Kennzeichen und sein Aussehen können wir ihn schneller ermitteln.«

»Was passiert denn jetzt?«, wollte die Wirtin wissen.

»Wir setzen alles daran, den Kerl zu fassen und seiner gerechten Strafe zuzuführen.«

»Das arme Mädchen.« Frau Schmitz schüttelte immer wieder den Kopf. »Und so einer hat bei mir gewohnt. Angesehen hat man ihm das nicht.«

»Ja«, sagte der Kommissar nachdenklich, »wenn wir es den Tätern ansehen könnten, wäre es für die Polizei sicher einfacher.«

54

Eine Woche später konnte Wolfgang, alias *thomas16* oder *cooler.kevin* auf seiner Arbeitsstelle in Nürnberg verhaftet werden.

Intensive und gute Polizeiarbeit sowie der Zufall hatten dazu geführt. Am Morgen des 16. September betraten die beiden Kriminalbeamten Hofmeister und Brandt das Nürnberger Verkaufshaus eines japanischen Autoherstellers. In ihrer Tasche führten sie die Phantomzeichnung des Täters mit, der am 9. September Susanne Klaasen in Rodenkirchen überfallen und sexuell genötigt hatte.

Sowohl Susan als auch die Wirtin der Pension *Zum alten Rheinschiffer* hatten übereinstimmende Aussagen über den Täter, das Fahrzeug und das Kennzeichen gemacht. Die Phantomzeichnung, die die Polizei nach Angaben von Susan und Frau Schmitz machen konnte, ergaben eine gute Täterbeschreibung.

Das Augenmerk der Polizei konzentrierte sich nun auf japanische Autohäuser in Nürnberg und Umgebung. In der Hoffnung, mit Hilfe der Zeichnung auf einen Käufer oder Werkstattkunden der Firma zu stoßen, betraten die Herren an diesem Morgen das Autohaus, in dem Wolfgang als Verkäufer arbeitete. Mit einem freundlichen: »Grüß Gott. Kann ich Ihnen behilflich sein?«, trat Wolfgang den beiden Zivilbeamten entgegen.

Hofmeister und Brandt blieben einen Augenblick stehen, sahen sich kurz an und hatten den gleichen Gedanken: »Ist das nicht der Kerl auf der Phantomzeichnung?« Hofmeister zog seinen Kollegen zur Seite und sagte zu Wolfgang: »Wir möchten uns erst einmal ein paar Modelle anschauen.«

»Aber gerne, bitte sehr«, sagte der Verkäufer, »wenn Sie Fragen haben, finden Sie mich in meinem Büro dort hinten!«

Die beiden Kriminalbeamten schlenderten langsam und unauffällig um ein paar Ausstellungsfahrzeuge herum, während Brandt die Zeichnung aus der Tasche holte.

»Das ist doch der Kerl. Eindeutig!«, sagte Hofmeister.

»Ok, dann schnappen wir ihn uns!«

Die Polizisten gingen auf das Büro zu, indem der ahnungslose Wolfgang genüsslich eine Tasse Kaffee trank. »Nun, meine Herren«, fragte er locker, stand auf und ging den beiden entgegen, »haben Sie an einem unserer Modelle Interesse?«

Kriminalhauptmeister Brandt kam sogleich zur Sache, zog seinen Dienstausweis aus der Tasche und sagte: »Kriminalpolizei. Ich bin Kriminalhauptmeister Brandt. Das ist mein Kollege Kriminalobermeister Hofmeister. Waren Sie am 9. September in Rodenkirchen?«

»In Rodenkirchen?« Wolfgang tat, als müsse er überlegen, »nein, wo soll das denn sein? Habe ich noch nie gehört.«

»In der Nähe von Köln!«, antwortete Hofmeister.

Wolfgang kratzte sich am Kopf und wiederholte: »In der Nähe von Köln? Entschuldigung, aber das kenne ich wirklich nicht. Ich war auch noch nie dort.« Er versuchte entspannt zu wirken. Doch seine Hände zitterten leicht, und auf der Stirn glänzte Schweiß, was den beiden Kriminalbeamten nicht entgangen war.

»Kennen Sie eine Susanne Klaasen?«, fragte Brandt.

Wolfgangs Blick irrte suchend im Raum umher. Dann schüttelte er den Kopf: »Wer soll das sein?«

»Und die Pension *Zum alten Rheinschiffer* kennen Sie wohl auch nicht?« Die beiden Beamten wussten, dass Beschuldigte sich zunächst einmal unwissend stellen, um sich zu schützen.

Wolfgang schluckte.

Kriminalhauptmeister Brandt griff in die Tasche, holte die Phantomzeichnung heraus und legte sie auf Wolfgangs Schreibtisch. »Schauen Sie sich das Bild genau an! Frau Schmitz, die Pensionswirtin, und Susanne Klaasen konnten Sie aber genau beschreiben.«

»Woher haben Sie das?«, fragte Wolfgang erschrocken.

»Von der Wirtin der Pension in Rodenkirchen und dem Mädchen, das Sie in brutaler Weise überfallen haben.«

Wolfgang merkte, dass jeglicher Widerstand zwecklos war.

»Wir können auch gerne eine Gegenüberstellung veranlassen«, sagte Brand, »die Pensionswirtin und Susanne Klaasen werden Sie wiedererkennen. Oder wollen Sie ein Geständnis ablegen?«

»Ja«, hauchte Wolfgang fast unhörbar.

»Wir verhaften Sie wegen Körperverletzung und sexueller Nötigung der vierzehnjährigen Susanne Klaasen«, sagte Kriminalhauptmeister Brandt. »Außerdem beschlagnahmen wir Ihren Firmen-PC und den privaten PC zu Hause. Kommen Sie! Wir nehmen Sie jetzt mit aufs Präsidium.«

»Bitte keine Handschellen.« Wolfgang sah, dass der Beamte in die Tasche griff und etwas heraus holen wollte. »Ich gehe auch so mit.«

A N H A N G

Strafrechtliche Folgen für Wolfgang:

Was Wolfgang getan hat, fällt unter den Begriff der *sexuellen Nötigung* und des *sexuellen Missbrauchs.*

Eine *sexuelle Nötigung* verstößt gegen das Recht der sexuellen Selbstbestimmung eines Menschen. Sie ist deshalb im juristischen Sinne ein Verbrechen und wird mit mindestens einem Jahr Gefängnis bestraft.

Wolfgang hatte von Anfang an den Vorsatz, Susan sexuell zu belästigen und zu missbrauchen. Dabei ist er in drei Schritten vorgegangen:

1. Er hat versucht, über den Chat das Vertrauen von Susan zu gewinnen, um mehr und mehr über sie persönlich zu erfahren.

2. Er hat sich durch telefonische Gespräche mit Susan davon überzeugt, dass es sich nicht um einen Fake, sondern wirklich um ein junges Mädchen handelt.

3. Er hat sich mit Susan verabredet und einen lukrativen Ort, wie die Eisdiele oder den Freizeitpark in Brühl, kostenlos angeboten.

Beim persönlichen Zusammentreffen hat Wolfgang mit Gewalt und unter körperlicher und verbaler Androhung das Leben von Susan gefährdet. Dabei nutzte er die ausweglose Lage des Mädchens aus, das durch den überraschenden Überfall außerstande war, eine Gegenwehr zu entwickeln. Durch den Einsatz von Pfefferspray und die körperliche Überlegenheit war sie

Wolfgang schutzlos ausgeliefert, sodass er gegen ihren Willen sexuelle Handlungen an ihr hätte vornehmen können. Gewalt im juristischen Sinne sind u. a. Betäuben, Fesseln, Niederschlagen, Einsperren.

Mögliche Auswirkungen auf Susans weiteres Leben:

Die Auswirkungen eines sexuellen Missbrauch-Erlebnisses auf die Entwicklung der vierzehnjährigen Susan sind natürlich auch von den Begleitumständen der Tat abhängig. Er wollte sie betäuben, festhalten und sexuelle Handlungen an ihr vornehmen. Dabei bedrohte er ihr Leben, sodass Susan Todesangst hatte.

Durch diese Erlebnisse können allgemeine Störungen in der weiteren Entwicklung von Susan auftreten, wie z. B. Depressionen, Ängste und ein geringes Selbstwertgefühl.

Wenn die unmittelbare Krise vorüber ist, brauchen die Kinder und Jugendlichen weiterhin über einen längeren Zeitraum professionelle Hilfe.

Jeder Mensch ist darauf angewiesen dass er das, was ihm widerfährt, gedanklich einordnen und verarbeiten kann. Einem jungen Menschen sind die Handlungen des Erwachsenen beim sexuellen Übergriff unverständlich: Er versteht, kurz gesagt, die Welt nicht mehr und kann das Geschehen nicht einordnen.

Missbrauchs-Opfer leiden später oft an sexuellen Störungen, die ihre Partnerschaft gefährden oder sie sind überhaupt nicht in der Lage, eine Partnerschaft einzugehen oder sich leidenschaftlich für einen Menschen zu öffnen. Es besteht auch die Gefahr, dass Opfer, die ihre Erfahrung nicht verarbeitet haben, ihrerseits zu Tätern werden können.

Allgemeine Hilfsangebote

Opfer von sexuellem Missbrauch benötigen auf alle Fälle psychotherapeutische Hilfe zur Bewältigung der verletzenden Erfahrung und des gegenwärtigen Lebens, um wieder für künftige Beziehungen offen und fähig zu werden.

Vor allen Dingen sollten die Bezugspersonen (z. B. Eltern, Geschwister und Lehrer) der Kinder und Jugendlichen mit in die therapeutische Hilfe einbezogen werden, um ihnen die meist problematische Bewältigung zu erleichtern.

Eine Behandlung kann allerdings erst erfolgen, wenn das Kind oder der Jugendliche nicht mehr in Gefahr ist, erneut missbraucht zu werden. Hierbei ist es von großer Wichtigkeit, Täter und Opfer voneinander zu trennen.

Beratungsstellen, an die du dich wenden kannst:

Wildwasser Nürnberg e. V.; Telefon 0911/331330
www.wildwasser-nuernberg.de
*
Deutscher Kinderschutzbund e. V.; Telefon 030/2148090
www.dksb.de
*
Nummer gegen Kummer e. V.; Kinder- und Jugendtelefon
0800/1110333
www.nummergegenkummer.de
*
Pro Familia; Telefon 069/639002
www.profamilia.de und
www.sexnsurf.de
Online Beratung: www.sextra.de
*
Internetseiten für Mädchen und Jungen:
www.vomerwachsenwerden.de; www.loveline.de
Für Mädchen: www.maedchensprechstunde.de
Für Jungen: www.sexualberatung-online.de

Tipps für Chat-Kids

Was du beachten solltest:

Gib niemals eine **Telefonnummer** von dir, deinen Freunden oder Eltern an Unbekannte heraus! Wenn du deine E-Mail-Adresse veröffentlichen möchtest, lege dir vorher eine **extra E-Mail-Adresse** an, die nur für Leute bestimmt ist, die du in der Wirklichkeit noch nie gesehen hast.

Verschicke an keinen, den du nur im Chat kennengelernt hast, sofort **dein Foto**. Es könnte sein, dass derjenige dein Bild im **Internet** ohne dein Wissen weiter verbreitet.

Adde keine unbekannten Chatter, z. B. bei einem Messenger wie ICQ oder MSN, in deine **Freundesliste**.

Du kannst einen Chatter, den du unangenehm findest, dem *Moderator* melden oder seinen *Nickname* *»**ignorieren**«,* also sperren.

Verlasse dich auf dein Gefühl: Wenn dir etwas beim Chatten seltsam vorkommt, kannst du das Gespräch jederzeit ohne einen Grund abbrechen. Wenn gar nichts hilft, schalte den Computer einfach aus.

Überlege dir, **mit welcher Person deines Vertrauens du sprechen kannst**, wenn dir etwas Unangenehmes wie z. B. Beleidigungen oder Beschimpfungen im Chat passieren sollte.

Wenn du eine **Chatbekanntschaft** in der realen Welt treffen möchtest, besprich dies vorher mit einer Vertrauensperson oder nimm eine Freundin oder einen Freund mit. Kinder sollten auf jeden Fall ihre Eltern über ein geplantes Treffen informieren. Der Treffpunkt muss an einem öffentlichen Ort, wo viele Menschen verkehren, liegen. Es kann immer die Gefahr bestehen, dass jemand ganz anderes auftaucht, als du erwartest hast.

Probiere selber mal aus, wie einfach es ist, ein falsches Alter oder ein anderes Geschlecht beim Chatten anzugeben. Deshalb mach dir immer klar, dass auch derjenige, mit dem du gerade chattest, **viel älter** als du sein kann oder in Wahrheit ein **anderes Geschlecht** hat, als angegeben ist. Ältere Chatter, das können Männer aber auch Frauen sein, versuchen sich oft auf diese Weise mit unguten Absichten an Jüngere heranzupirschen: Stichwort Cyber-Grooming.

Was sonst noch im Internet wichtig ist:

Achte auf dein Gefühl, wenn du dir Seiten im Internet anschaust! Es ist nicht mutig, sich Seiten anzuschauen, die ekelhaft sind. Wenn dir ein Fremder etwas vor seiner Cam zeigen will, z. B. sein entblößtes Geschlechtsteil oder sich beim Onanieren, kannst du **»Nein« sagen**.

Gib nicht mit Sex- oder Gewaltseiten an! Das ist nicht cool, sondern geschmacklos. **Respektiere** es, wenn dein Freund oder deine Freundin sich bestimmte Internetseiten nicht anschauen möchte.

Wenn dir etwas im Internet Angst gemacht, dich geekelt oder wütend gemacht hat, **sprich mit einem Erwachsenen, dem du vertraust,** über diese Dinge.

Kinder sollten gemeinsam mit den Eltern besprechen, was ihnen beim Surfen und Chatten gefällt und ihnen auch ihre **Lieblingsseiten** und **-chaträume** zeigen.

Jugendliche sollten schon eigenverantwortlich handeln können, sich aber auch nicht genieren, wenn sie bei Unsicherheiten einen Erwachsenen befragen.

Gib **Passwörter** nicht an andere weiter. Du gibst ja auch nicht deinen Haustürschlüssel in fremde Hände.

*

Quellen:

SexnSurf, Fachstelle für Jugend, Medien und Sexualität: www.sexnsurf.de

pro familia Online-Beratung: www.sextra.de

Nachwort

Stress in der Schule, Ärger mit der angeblich „besten Freundin" und dann auch noch die nervigen Eltern … klar kennst du diese Situationen. Wie gut tut es da, wenn man dann mal mit jemanden quatschen kann, der einen versteht.

Notebook an und los gehts …

Du hast ein Recht darauf, mit deinem Ärger, mit deinen Sorgen, deinen Wünschen und Ideen ernst genommen zu werden. Du nimmst dabei sicherlich an, dass dir andere Menschen respektvoll und wohlwollend begegnen, auch im Internet. Und das ist auch richtig so.

Wir wünschen dir liebe Leserin, lieber Leser, dass Du im Internet – und auch sonst ;-) – wirkliche Freunde triffst. Wenn dir dennoch sexistische Anmache und Belästigung begegnen oder dir es etwas einfach komisch vorkommt, musst du nicht höflich bleiben. Trau dich, nicht darauf zu reagieren und informiere jemanden, dem du vertraust. Auch uns kannst du davon erzählen und wir suchen dann mit dir gemeinsam nach einem guten Weg für dich.

Wer wir sind?
Schau nach unter: www.wildwasser-nuernberg.de. Dort findest du viele Informationen über uns und unsere Arbeit.

Bärbl Meier

Wildwasser Nürnberg e.V.
Fachberatungsstelle für Mädchen und Frauen gegen sexuellen Missbrauch und sexualisierte Gewalt